© Pilar Zapata Bosch
ISBN Libro en papel: 978-84-685-9315-9
ISBN eBook en PDF: 978-84-685-9316-6
Editado por Bubok Publishing S.L
España, 2025

III Concurso de Relato Breve
JUAN MARÍA MOLINA JIMÉNEZ
(Convocatoria para **CEUTA**)

BIENESTAR DIGITAL

de MARGARITA DEL BREZO GÓMEZ CUBILLO

y otros relatos

PRESENTACIÓN

Se ha convocado por tercera vez el Concurso de Relato Breve en homenaje al escritor y pensador ceutí JUAN MARÍA MOLINA JIMÉNEZ, limitada a autores nacidos o residentes en CEUTA.

El Jurado, formado por:

MARIBEL TENA LÓPEZ,
periodista y amante de los libros,

RAFAEL MENDIZÁBAL SANZ,
matemático, físico y lector

y PABLO SANZ MARTÍNEZ,
escritor, poeta y profesor,

ha decidido conceder el premio al relato

BIENESTAR DIGITAL
de
MARGARITA DEL BREZO GÓMEZ CUBILLO

Por tercera vez volvemos a encontrarnos en las páginas de otro libro precioso. Precioso por la calidad de las narraciones que lo componen, y también por la ilusión que sus autores y los organizadores del certamen hemos puesto en él.

Este año ha resultado más difícil que nunca hacer una preselección de los mejores relatos… porque había muchos «mejores» y realmente dolía dejárselos por el camino. Pero no quedaba más remedio, ya que había que ir eliminando para dejar uno solo. Hasta la última decisión del Jurado entre los finalistas ha sido bastante reñida, aunque todos han celebrado el justo e imparcial resultado final. Y es que era muy complicado elegir uno entre varios textos excelentes. Esto da todavía más mérito al relato dignísimamente ganador, *Bienestar digital*, y a su autora, Margarita del Brezo.

Ella, como otros concursantes de los aquí publicados, ha dado sobradas muestras de su gran talla literaria en las dos convocatorias anteriores, aunque no se llevara el premio. Digo esto porque en este libro vais a encontrar otros relatos magníficos, que os van a sorprender, a intrigar, a conmover, a hacer reír, incluso llorar, pero, en el fondo, a disfrutar mucho.

Quienes estamos asombrados somos los miembros del Jurado, y yo misma, de la calidad de los autores de Ceuta. Me repito, porque el año pasado dije algo parecido, pero ese asombro se ha acrecentado este año. Quizá lo dé la magia del mar, o el hecho de ser una ciudad mítica y fronteriza, o la maravillosa mezcla de costumbres y culturas, pero los que somos de fuera estamos descubriendo un universo literario en Ceuta. Y en este libro entre todos los participantes habéis conseguido reproducir esa mezcla, ese universo.

Antes de pasar a presentaros los relatos publicados, quiero deciros que al final de todo tenéis una pequeña biografía de Juan María Molina, en cuyo nombre se convoca el certamen.

Los textos publicados, por orden alfabético del título, son:

Ahogamiento en el Tarajal. JOSÉ MARÍA SÁNCHEZ DUARTE. Con sencillez y viveza y un toque de suspense, el autor nos relata un hecho que sucedió realmente en los años sesenta. La emoción del final se subraya con los recuerdos de la Ceuta de entonces.

Azul de Levante. ISABEL Mª OCAÑA GONZÁLEZ. Otra versión de el precioso relato *El pincel eterno* de la misma autora, que pone de relieve su sensibilidad a los colores. A través de ellos mira hacia su infancia, a su abuela, y su Ceuta de siempre.

Bienestar digital. MARGARITA DEL BREZO GÓMEZ CUBILLO. Una mujer enganchada a una aplicación analiza su sumisión a ésta. Contado con sencillez e ironía, y algunas imágenes de puro placer estético, tiene un final (tres frases cortas) sublime, que nos deja temblando.

Cuna del contrabando. JOSÉ DOMINGO BENEDICTO GUERRERO. Con gran realismo, el autor, siempre imparcial, nos muestra un ambiente de miseria y corrupción, en el que, ya desde niños, resulta mucho más provechoso traficar con drogas que ir al colegio...

El encargo. DOMINGO NOFUENTES HERNÁNDEZ. La acción está genialmente dosificada, las descripciones son breves, pero certeras y profundas, y llenas de humor. No falta ni sobra nada y, tras el sorprendente final, el lector se queda con ganas de seguir.

El espejo de la memoria. MARIAM HASSOUNA DAOU. En un paseo, mezcla de fantasía y recuerdos, la protagonista se encuentra con ella misma de joven. Narración muy poética y a la vez muy filosófica, con unas conclusiones que nos consuelan.

El eterno retorno. JUAN JOSÉ CASTILLO SÁNCHEZ. Un trasunto del mito de Sísifo, que se puede aplicar a cualquier ser humano: los vanos y penosos esfuerzos por escapar de la metafórica rueda del destino, que nos mantienen en suspense hasta el final.

El río de Heráclito. JOSÉ MUÑOZ CABRERA. Narra las divertidas peripecias de un profesor, obsesionado por un problema que sólo le preocupa a él y no a quienes debería preocupar. Un hombre que pretende hacer el bien y... se convierte en un estorbo.

El teatro, campo de batalla de las pasiones. JOSÉ LUIS LACACI LÓPEZ. El autor nos cuenta y nos contagia su pasión por el teatro con profunda belleza y también con mucho sentido del humor. «La vida pasa a mi lado y me roza con ímpetu, pero yo sólo quiero escribir…»

El umbral silente. ISABEL ANA CABEZA GARCÍA. Con gran percepción psicológica, nos presenta el contraste entre dos personajes muy bien trazados: el envidioso que acecha a su vecina y ésta, que, inconsciente de que él la envidia, se vuelca por ayudarle…

La herencia del silencio. ROMAISA HAMID BOULUAD. La nieta de Elvira rastrea las huellas de su abuela, ya muerta, desde Benzú al Hacho, y va descubriendo ciertos secretos… Una narración que abunda en pensamientos e imágenes de gran fuerza literaria.

La vieja del bosque. RICARDO DÍAZ FERNÁNDEZ. Una abuela cuenta a su nieto la historia de otra abuela de la que su familia quiere deshacerse. El autor nos muestra la miseria física y moral en la que viven los personajes, con un final escalofriante.

Mar abierto. IGNACIO GONZÁLEZ PRIETO. Desde la primera frase («Se había cansado de las palabras») el relato nos da una sacudida. ¿Cómo es posible que un escritor afirme eso? Él mismo nos lo explica en una reflexión ética y estéticamente admirable.

Noches de insomnio y mariposas. TERESA DELGADO MARTÍN. Este original y onírico, surrealista relato mezcla el sueño y la realidad de los insomnes; trata la noche con encendido lirismo, que contrasta con el humor con que se enfrenta al día… hasta que día y noche se unen…

Nuestro viaje por el tiempo. FRANCISCA SERRANO ESCAMILLA. La autora nos lleva a una reflexión filosófica y poética a través de ese viaje por la vida, que nos trae reminiscencias de Jorge Manrique, aunque enfocado desde un punto de vista contemporáneo.

Número 24.911. MAYDA DAOUD ABDELKADER. Con un precioso lenguaje y diálogos muy vivos, que sostienen la fuerza del relato, su autora nos presenta un asunto angustioso que debería tenernos en alerta, pero que, por cotidiano, pasa casi inadvertido.

Piel eterna. JESÚS PORTEIRO ARTERO. Cuando uno acaba de leer el relato, comprende el sarcasmo del título de esta historia de enredo, de personajes enlazados entre sí por el azar, a través del tiempo, y todo sobre un fondo terrorífico.

Resiliencia. No me dejes. MOHAMED YASSIN HASSAN LASSFAR. Maravillosamente escrito, con gran profundidad de observación de la conducta ajena y de sí mismo, el protagonista va logrando su fortalecimiento individual frente a la ausencia o indiferencia ajenas.

Rojo. SUMAIA AHMED CHATT. La narración tiene escenas tan vivas que parecen pintadas, el dolor de Joana por la muerte de su madre es toda una elegía... Hasta que hace amistad con un joven pintor, que la invita a su apartamento...

Singularidad. RAQUEL GARCÍA GARCÍA. Una investigadora de los pensamientos se adentra en ellos como si se abismara en el universo con sus constelaciones, sus ideas fugaces, sus recuerdos deformados, sus oscuras profundidades...

Todo por la patria. JOSÉ ANTONIO CARRACAO MELÉNDEZ. Uno tiene un sueño angustioso y repetido. Tras consultar con una psicóloga, descubre que lo que le asusta existe también en la realidad. Muy bien contado, con un ágil cambio de escenas y personajes...

Tormenta y sol. BEATRIZ LÓPEZ BENAVIDES. Una mujer estresada conoce a una vieja que la ayuda a relajarse. Según se va relajando ella, se relaja también el lector gracias a las imágenes suaves, lentas, reposadas. Un relato lleno de gratitud.

Un maestro inolvidable. PURI FERRÓN GONZÁLEZ. Divertido y, a la vez, conmovedor recuerdo de los años escolares y, especialmente, la añoranza de un maestro que supo descubrir los valores de un alumno, y darle confianza en sí mismo.

Un par de zapatos. NOELIA GARZÓN SERRANO. Una historia muy sencilla, pero muy original y llena de encanto, por su estilo tan personal: un ambiente que nos rodea con sus sensuales descripciones, y ese «Cuentan...» repetido, tan prometedor para el lector.

Un paseo con Pruden. EMILIO BARRANCO CAZALLA. Paseo por Granada. Aparte de preciosas descripciones, el relato abunda en irónicas y profundas observaciones sobre la conducta humana... y sobre las palabras, en una crítica siempre amable.

Youssuf. JOSÉ ANTONIO GARCÍA VILLALTA. Este relato es pura literatura en forma y contenido: la vida de Youssuf, contada por su amigo con aparente sencillez, tiene tal fuerza dramática que cada descripción, cada palabra provoca un sentimiento.

Pilar Zapata Bosch

Filóloga. Novelista y dramaturga.

Margarita del Brezo Gómez Cubillo

BIENESTAR DIGITAL

La app me dice que hoy no salga. Así, sin rodeos:

«Hoy no es un buen día para exponerse. Se recomienda permanecer en espacios conocidos, con temperatura regulada y bajo nivel de interacción humana. Nivel de vulnerabilidad: 7,4/10. Probabilidad de disociación: moderada».

Dejo el móvil sobre la mesa y lo observo como si fuera un oráculo con la pantalla sucia y un brillo que no sé si es una luz o una advertencia. Ya no discuto las instrucciones, ni siquiera conmigo misma. Solo acepto, deslizo el dedo y dejo que una especie de alivio tibio me recorra el cuerpo.

Hace algo más de seis meses pagué la versión premium, que incluye sesiones de respiración asistida, cápsulas de meditación con música adaptada a mi horóscopo y análisis en tiempo real de las emociones. ¡Una pasada! Aunque desde entonces se volvió más directiva y hasta llegué a dudar de si eso sería una mejora del sistema o simplemente una sofisticada forma de crueldad.

El primer día que me recomendó quedarme en casa, rechacé la notificación. Tenía cita en la peluquería e ignoré la alerta, pero después, en la calle, sentí un peso viscoso en el pecho, una sospecha de peligro inminente, como si se hubiese reprogramado el universo en mi contra por desobedecer. La segunda vez agradecí la orden: diluviaba y andar esquivando los charcos y las salpicaduras de los coches me habría amargado la tarde. La tercera lucía un sol radiante y me dio rabia, porque me había comprado un vestido el día anterior que me apetecía mucho estrenar. A partir de la cuarta, me resigné.

Me preparo un café —descafeinado, recomendación del algoritmo—, me siento junto a la ventana y miro con desidia el trajín de la ciudad, que no parece echarme de menos. Siento que mi ánimo empieza a decaer. Cuando me llega a la altura de los tobillos, el WhatsApp vibra. Cojo con desgana el teléfono para mirar quién me escribe, pero antes de poder hacerlo la app me envía una notificación:

«Ni se te ocurra leer los mensajes de WhatsApp. Te producen un incremento del 24 % en tu ritmo cardíaco. Sugiero esperar al menos tres horas más».

Obedezco sin rechistar. Me alivia no tener que decidir. Es una forma de no fallarme a mí misma. Y si algo no sale bien, la culpa no será mía. O eso quiero creer.

Por cierto, la app se llama SERENITY®, que no lo he dicho todavía. Me la recomendaron en la oficina. Bueno, no directamente, claro. Porque nadie se pone a hablar de ansiedades, insomnios, complejos de Electra o pensamientos intrusivos cuando coincide con sus compañeros en la máquina de café de una sala plagada de ordenadores cuyo único decorado es un puñado de fluorescentes tuertos.

La cosa fue como sigue: un mañana, una compañera a la que se le caían las lágrimas con solo desearle los «buenos días» —«serán para ti», contestaba invariablemente; e invariablemente, a continuación, se sacaba un pañuelo de la manga, se sonaba la nariz y suspiraba con la intensidad de un avión en pleno despegue— sonrió, me guiñó un ojo seductor y siguió tecleando con una energía nunca antes vista.

Semanas después, tras comprobar que se repetía la escena de su buen humor, empecé a mosquearme y, para no morir de envidia —envidia de la mala, por si hay alguien todavía que cree que existe envidia de la buena—, no me quedó más remedio que preguntarle qué narices le pasaba. Fue entonces cuando, entre susurros, me confesó que había empezado a trabajar en su bienestar digital. Así lo llamó: bienestar digital. Como si bastara con ajustarle la interfaz a la vida para que fuera menos hostil. Y ahí quedó la cosa. Ella no añadió ni un susurro más mientras yo me atragantaba días tras día con las ganas de torturarla para que me explicara qué era eso del bienestar digital.

Supongo que, como yo nunca me he chivado al jefe de sus errores de cuadraturas de balances y mucho menos de sus enredos amorosos con los proveedores de polvos de talco, quiso mostrarme su agradecimiento escribiendo la palabra SERENITY® en un pósit, que, de forma anónima —eso creía ella, pero es la única de la oficina que usa pósits rosas con forma de elefante—, dejó pegado en mi escritorio, justo debajo del teclado. La mañana se me hizo eterna y tuve que hacer acopio de toda la reserva de mi paciencia que, con mucho esfuerzo, había reunido para cubrir las incidencias de los próximos cinco años. En cuanto llegué a casa, sin quitarme los tacones siquiera, busqué en Google el nombre y en seguida descubrí que se trataba de una app —valorada con un 4,8 de 198754 opiniones— que, huelga decir, descargué al instante.

Al principio me hacía preguntas simples: ¿cómo has dormido esta noche?, ¿sientes algún tipo de tensión en la mandíbula?, ¿qué imagen te calma más?, cosas así de fáciles. Pero el algoritmo empezó a aprender y pronto comenzaron los consejos personalizados: hoy es preferible que no respondas correos con asuntos laborales importantes; evita personas con voz aguda; come algo crujiente, pero no demasiado salado; estás proyectando tus traumas infantiles en tu jefe.

Parecía magia. Dormía más, comía menos. Me desapareció el tic en el ojo los días pares y ya no necesitaba engullir dos tabletas de chocolate al día para alimentar mi ansiedad.

Mi gozo aumentaba al mismo ritmo que la preocupación de mi madre, que se empeñaba en llamarme por teléfono — entre otras cosas porque yo dejé de ir a verla y no le abría la puerta cuando ella venía a verme a mí—. No dejaba de reprocharme que no está bien encerrarse en casa, que lo mejor para los miedos es salir a dar un paseo y agotarlos, así se cansan y se van; o que te dé el aire para que se vayan con viento fresco. Ya ves tú, menudas estupideces.

Yo intentaba explicarle que los paseos, en la actualidad, no son como en sus tiempos, que la calle ahora está llena de microagresiones: contaminación acústica y ambiental, caras que se parecen demasiado a la de Freddy Krueger, ritmos incompatibles con el compás de mi corazón. Pero aún hoy no he conseguido que entienda que el mundo moderno exige una exposición emocional para la que no estoy preparada todavía. Y como sigue insistiendo con que eso se resuelve tomando un café con los amigos, ya ni siquiera descuelgo cuando me llama, simplemente le envío el emoji sin boca, a ver si así entiende que no tengo ganas de hablar ni de oír sandeces.

Mi madre es una antigua, por mucho que hayan vuelto a llevarse los pantalones de campana.

La app vibra de nuevo:

«Evita el contacto familiar, aunque sea de pensamiento, durante las próximas 48 horas. Alta probabilidad de desregulación afectiva».

Y yo, agradecida, activo el modo silencio. Qué haría sin ella —a la app me refiero, no a mi madre—.

Las estadísticas son mi entretenimiento favorito. Consulto la curva de mis emociones, los picos de ansiedad por horas, la línea ascendente de mi tolerancia a la frustración. Puedo ver el día en que comencé a comer menos chocolate, el momento exacto en que dejé de obsesionarme con mi ex, la lenta recuperación de mi frecuencia cardíaca. Todo cuantificado. Todo ordenado. Todo bajo control. Y con unos gráficos chulísimos.

Lo único que no puede medir es la sensación de vacío. No, el vacío no tiene gráfico. Solo aparece como una notificación esporádica:

«Te estás desconectando de ti misma. ¿Deseas activar el modo emergencia?».

Siempre le digo que no. Prefiero dejarlo en segundo plano. Como quien se olvida de sacar la basura y se acostumbra a vivir con el olor.

A media tarde, el algoritmo se cae. Error global. Saturación del sistema. Los servidores han dejado de responder. Hay pánico en las redes. La incertidumbre inicial da paso a lamentos, gritos, tacos, juramentos, llamadas de socorro. Yo me quedo quieta, aferrada al móvil, leyendo lo que dice la gente, esperando instrucciones.

Nada. Ni una pequeña alerta. Ni una mínima sugerencia. Ni siquiera un gif de gatitos amorosos. Es como volver a tener un cuerpo. Intento respirar. El aire entra sin instrucciones, baja hasta el estómago y lo zarandea brutalmente. No sé qué mirar, dónde apoyar las manos. Mis pensamientos, sin monitorizar, son como muebles que alguien arrastra por el suelo a las tres de la madrugada.

Intento distraerme mirando por la ventana. Un niño se cae del patinete, se levanta y continúa su camino sin dramas. Una pareja se besa con prisa antes de alejarse en direcciones opuestas. Alguien toca la flauta. La ciudad no se ha detenido. Solo yo. Aterrada, me tumbo en el suelo. Y espero con los ojos apretados. Una especie de letanía —que me recuerda mucho al «cuatro esquinitas tiene mi cama» que rezaba de pequeña con mi madre antes de dormirme— se escapa de mi boca.

Cuando estoy a punto del colapso, vuelve la app. Vibración. Notificación. Siento un alivio inmediato. Me incorporo de golpe y abrazo el móvil como lo haría una madre con un hijo que vuelve a casa por Navidad.

Enciendo la pantalla y acaricio lentamente con la punta del dedo el contorno de su nombre, SERENITY®, y enseguida empiezo a notar ese suave cosquilleo familiar bajo la piel.

Ya estoy mejor. Más tranquila. Menos yo.

Margarita del Brezo Gómez Cubillo

Escritora de vocación tardía y curiosidad insistente, llevo años mirando el mundo de reojo, saqueando rincones para apuntar rarezas que desembocan en relatos hechos a mi medida: ironía doméstica, lirismo subido de decibelios y un humor gris marengo que solo aparece si te lo tomas en serio.

He ganado varios premios literarios, aunque sigo ejercitándome con entusiasmo en el ínclito arte de perder; ahí reside mi verdadera constancia.

Soy autora del libro de microrrelatos *Un bocado y medio*, y en mi blog —www.escribirsobrelapuntadelai.es— colecciono historias, desvaríos y personajes creados a mi imagen y semejanza. No busques respuestas en él; me interesan más los matices y esa inquieta sombra que se cuela entre líneas cuando no miras.

José María Sánchez Duarte

AHOGAMIENTO EN EL TARAJAL

Playa virgen allá por los años 1950-1960 en Ceuta, a escasos metros de la frontera con el reino de Marruecos, la playa del Tarajal de arena gris y con zonas rocosas, de aguas transparentes y de color turquesa, fueron muy visitadas los domingos y festivos por muchos ceutíes. Aquellos años 60 cuando la playa de la Ribera ni existía como tal, eran las playas del Chorrillo y la del Tarajal las más concurridas para el baño por las gentes del lugar sobre todo domingos y dias feriados.

A pocos metros de la orilla se podía observar las traíñas formadas en círculos, empleando la técnica de la almadraba para la pesca del atún rojo, donde un grupo de proeles y caladores manipulaban las redes para la pesca de tan preciado pescado. El paisaje era lo que me esperaba domingo tras domingo de aquellos veranos de mi adolescencia, que junto con mis padres, Laura y Luis, mis hermanos, primos y mi tío Julián, pasamos magníficas jornadas de playa, pero todo no era nadar, también echábamos buenos partidillos de futbol o de balón volea en la arena. Y no digamos de las viandas que mi madre echaba en el cesto para la hora de retomar fuerzas. Recuerdo que muy cerca a nuestra localización en la playa, se ubicaba un chiringuito donde se podía tomar té acompañados con esos pastelillos tan ricos, que el propio Hamido, así se llamaba el dueño, los fabricaba. A mi corta edad me daba miedo acercarme por las avispas que por allí pululaban en el cafetín, el dulzor del té las atraía, pero con una simple palmada se iban, aunque más tarde acudirían.

Mi tío Julián con su vespa italiana del año 55, de color gris

8

metálico de 150 CC., se encargaba de trasladarnos a la susodicha playa. Fue nuestro medio de transporte para llegar y pasar un buen día con la familia. ¿Cómo lo hacíamos para llegar?, en dos o tres «viajes». Todo era un devenir de ceutíes, unos andando, otros en camionetas (autobuses) y otros en vehículos propios, lo cierto es que después de una semana de trabajo y de estudios, tocaba pasar un bonito día disfrutando de tan bella playa.

Uno de esos domingos del mes de agosto de 1962, esperamos impacientes tanto mis padres como mis hermanos Miguel y Angela de siete y seis años de edad respectivamente, y yo con 12 años, a la llegada de mi tío Julián con su vespa para el traslado en varios viajes al punto acordado en la playa.

Los padres de mi primo David, Rosa y José Luis, ese día no pudieron unirse al grupo, un trabajo propio de su actividad le llevó a pasar la frontera e ir a Tetuán a realizarlo, no obstante, previamente le aconsejó mi tío José Luis a su hijo David que Él se viniese con nosotros, así lo hizo. Lo esperamos en mi casa a que llegara, a los pocos minutos y a la carrera casi sin respiración llegó, le faltó tiempo para pedirme mis gafas y tubo de buceo, las encontré y las guardo en su mochila. Mi madre le ofreció café con tostadas, y Él le contestó, que antes de salir de su casa, se bebió un café con leche sin nada más. Mi tío Julián pasó por mi domicilio con su vespa como de costumbre, una vez dejado a sus hijos en la playa y en dos viajes, nos acercó al resto de la familia al punto acordado.

Del grupo, unos antes de zambullirnos en el mar, prefirieron jugar a la pelota y el resto nadar o bucear. Mi primo David tomó las gafas y el tubo que yo previamente le presté, se introdujo en el mar, nadaba muy bien, pero mis padres a sabiendas que sabía nadar, le advirtieron que no se retirara mucho de la orilla. Los dias entre semana él solía ir a la playa de La Peña, playita muy popular en Ceuta, junto a sus hermanos y amigos. No había pasado más de una hora desde que llegamos, cuando mi padre al no ver a mi primo David, me preguntó por él. Le respondí que se fue a bucear. Pasamos la voz al resto de la familia y decidimos buscarle. Unos nos dirigimos hacia la derecha y otros hacia la izquierda de la playa. Los que sabíamos nadar nos lanzamos hacia dentro, pero todo fue inútil. Mis llamadas pronunciando su nombre hasta desgañitarme para que me escuchara mi primo, fueron estruendosas. A mis llamadas y del resto de familia, solo respondía el mar, en la rotura de la onda y que al morir esa ola en la pedregosa orilla era como un rezo ante tanta amargura, angustia y sufrimiento. La búsqueda se hacía eterna en el tiempo. Regresé al punto de partida y fue allí cuando me encontré a mi primo boca abajo, balanceándose empujado por las olas. Le llamé, pero no me respondió, el resto de la familia corriendo se arremolinaron alrededor de él, cuando un médico que pasaba por allí y con mucha determinación le realizó reanimación completa sin éxito alguno. Es cuando este doctor le recomienda a mi padre y tío, llevarlo de urgencia del hospital de la Cruz Roja.

Próximo a la playa un taxista se ofreció a su traslado. Mi padre destrozado junto con mi tío tomó el taxi. Al llegar al centro sanitario, fue recibido por el médico de guardia, el cual se confirmó que había llegado ya fallecido.

A preguntas del médico, si había desayunado fuerte, mi madre le contestó que no, ella previamente antes de salir para la playa, le dijo que desayunara, ¡y él contesto que no! porque se tomó antes de salir de su casa un café con leche sin nada sólido. El médico descarta un corte de digestión. En el informe médico no se pudo precisar la muerte de mi primo David.

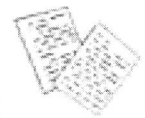

José María Sánchez Duarte

Mis primeros ensayos en la escritura, empezó el día que encontré por casualidad un diario escrito por mi padre. Mirando por su escritorio y tratando de encontrar unos documentos importantes para la familia, después de su fallecimiento, una cosa me llevó a lo extraordinario, encontrar su Diario, donde relataba parte de su juventud vivida y padecida, desde que partió de Ceuta en 1938 junto a dieciocho cabos del Cuerpo de la Sanidad Militar de Ceuta, al frente del Ebro. Me atreví a contar esa biografía de mi padre la titulé «Sanitarios de Ceuta en la batalla del Ebro» y se me publicó en 2024.

Hace unos dias en redes sociales, leía una publicación sobre el concurso de relatos cortos, JUAN MARIA MOLINA JIMENEZ, en su tercera edición. He deseado contar en papel, aquellos hechos reales que viví en primera persona, el ahogamiento de mi primo, domingo trágico familiar de agosto de 1962 en la playa del Tarajal de Ceuta, y que nunca podré olvidar.

Isabel Mª Ocaña González

AZUL DE LEVANTE

Siempre sentí que la ciudad en la que vivía era única, diferente. Era como si estuviera pintada con un pincel que guardara diversos colores que no existen en ninguna otra paleta del mundo.

Me bastaba con observar cómo el viento cruzaba las calles o cómo amanecía sobre el mar para darme cuenta de que allí todo tenía su propio significado.

Crecí aprendiendo a fijarme en los pequeños detalles de cada rincón: cada sombra, cada gesto, cada eco, cada reflejo, cada instante que parecía contar su propia historia. Quizá por eso nunca dudé de que aquel lugar era único e irrepetible.

Todo eso me acompañaba cada día, mientras vivía en una casa blanca junto al monte Hacho, desde donde podía ver el mar abrazando la ciudad. Desde niña supe que Ceuta tenía su propio color, reflejado en una mezcla de azules imposibles, entre el Mediterráneo y el Atlántico, entre África y Europa.

Allí pasaba mis días con mis padres, mi hermana pequeña y mi abuela, la persona más dulce e inteligente que he conocido. Con ella pasaba las tardes bajo el viejo árbol del jardín, entre lienzos, pinceles y pinturas. Me decía que pintar era una manera de agradecer al mundo su belleza. Y, mientras el sol caía detrás de la Mujer Muerta, me contaba historias de su infancia en el barrio de Hadú, cuando soñaba con llenar de color los muros grises de la ciudad.

A veces, nos acercábamos a las Murallas Reales. A ella le encantaban sus piedras llenas de historia. Decía que cada una de ellas guardaba un secreto y que, si apoyaba bien el oído, podría escuchar el eco de los antiguos soldados.

—La ciudad cambia, pero su esencia sigue siendo la misma: una mezcla de todos los que han pasado y los que en ella están —me dijo mi abuela.

Una tarde, cuando el cielo se volvió dorado sobre el Estrecho, sacó de una pequeña bolsa un pincel de madera atado con una cuerda azul.

—Este fue mi primer pincel —me dijo—. Lo hice cuando tenía tu edad, con ayuda de mi abuela.

Sus palabras hicieron nacer algo dentro de mí: la necesidad de crear mi propio pincel.

Al día siguiente fuimos al Mercado de Abastos. Entre olor a pescado fresco y puestos de especias, encontramos el trozo de madera perfecto, resistente y ligero, y lo decoramos con plumas de gaviota y una cuerda marinera.

Entonces me explicó que, para ella, cada color representaba a alguien importante en su vida. Así que, decidí hacer yo lo mismo y asigné colores a cada uno de mis seres queridos: mi padre era rojo, por su carisma; mi madre, amarillo, como el sol cuando amanece; mi hermana, verde, espontánea y alegre; mi abuela, azul, porque ella era pura calma. Pero no sabía qué color me representaría mejor hasta que mi abuela, entre risas, dijo:

—Morado, porque eres soñadora y valiente, como el cielo antes de una tormenta de levante.

Algunas tardes toda la familia pintaba frente al mar. Los colores se mezclaban como las aguas del Estrecho, creando tonos nuevos que solo existían allí.

Mientras tanto, mi abuela nos hablaba de la importancia de mirar más allá de lo que se ve, de encontrar la belleza en lo más simple y de respetar la razón de ser de cada una de las personas que se cruzasen en nuestras vidas.

Con ella siempre aprendíamos algo nuevo: cómo los gestos más simples podían transmitir amor, cómo prestando atención podríamos encontrar belleza en los detalles que otros pasan por alto o cómo los recuerdos podían colorear nuestros días grises.

Pero un día, enfermó y todo se volvió gris. Llevé mi lienzo al hospital, junto con mi pincel y el suyo. Sus manos temblorosas trazaron conmigo sus últimas pinceladas.

Cuando falleció, sentí que el mundo había perdido su color. Me refugiaba en su habitación, envuelta en su perfume a rosas y en el sonido lejano de las olas.

Los días comenzaron a ser más largos de lo normal. Decidí volver a visitar todos los lugares a los que solía ir con ella solo para sentirla un poco más cerca, pero ya nada era igual que antes.

Un día, entre sus cosas, encontré una cajita escondida. Dentro, una carta con su letra:

«La vida es como un lienzo frente al mar: el viento borra, el agua mezcla, el tiempo transforma. Pero ningún color desaparece del todo. Cuando me busques, mira el horizonte: allí donde se funden los azules, seguiré pintando contigo. No dejes que el gris te gane».

Sus palabras me hicieron sentir como si me estuviera abrazando de nuevo.

Desde entonces, pinto bajo el viejo árbol del jardín. A veces, el viento del Estrecho me acaricia la cara y cierro los ojos: quiero creer que es ella.

Y cuando mezclo el azul del mar con mi morado, aparece un tono nuevo que no sé nombrar.

Se trata del color de Ceuta, el color de su recuerdo.

Isabel Mᴬ Ocaña González

Siempre he sentido un gran amor por mi ciudad y por las personas que me han rodeado, especialmente mis abuelos. Ellos fueron quienes me enseñaron a ver el mundo con el corazón.

Por eso, en este relato, menciono la figura de mi abuela como homenaje a esas personas que nos dejan huella en la vida, tal y como lo hicieron ellos en mí, y tal y como esta ciudad deja su huella en todos quienes la pisan.

Elegí el arte como hilo del relato porque pienso que pintar es una forma de guardar recuerdos como los de mi ciudad, mi infancia y las personas que me han marcado.

José Domingo Beŋedicto Guerrero

CUNA DE CONTRABANDO

No insistas, con la mirada, de aquello que todos quieren que llegue a su morada. La tentación de ver buen color en sus bolsillos, a costa de algo tan sencillo, como ver pasear por la mar, aquella flamante imaginación, donde la aventura era una calentura, los lugares escogidos, idilios de las montañas de Ketama, que daban aquella derrama a un largo etc., de personas.

Todos querían, pero sólo unos pocos hacían la leyenda de aquellas autopistas de correr y «alijar», en aquellas playas que quedaban rodeadas de personas con ganas de llevar esa «arpilla» al lugar escogido.

Las guarderías actuaban y los rosarios iban poco a poco llevando la mercancía hacia los puntos de distribución.

Gran armonía, grandes cerebros, grandes ganancias, que llegan a ser una mafia.

Desde los vigilantes, los teléfonos por satélite, y tener una flota de última generación que hacía imposible poder cazar a esos contrabandistas, de guantes blancos, que hacían todo con vigilantes de dueños, y con una completa seguridad de ganar en cada encuentro con la noche en una costa peninsular.

Hace mucho tiempo que cuando se iba por el barrio de Benzú se veían por las paredes dibujos de barcos con las clásicas firmas.

Nadie era capaz de hacer, o decir nada, ni tampoco realizar el acto de borrar aquello, por miedo a las represalias.

Las estadísticas son para intentar observarlas, e interpretarlas, si se puede.

Pero nadie ponía dudas a la acción de en plena clase, de cualquier asignatura, se pusieran a interpretar esas escenas de una embarcación saltando en lo alto de las olas del mar, poniendo sillas en vertical simulando los asientos de la embarcación, y el primero tripulándola.

Cuando salían al patio del «cole» había multitud de pintadas donde se caracterizaba a una embarcación, de gran cilindrada que transportaba aquellas sustancias las cuales eran el «oro» de las montañas del «tantán» en Marruecos.

Todos quedaban extasiados escuchando los relatos de alta mar, donde detallaban las burlas, con una facilidad tremenda, la vigilancia de una costa que no poseía las máquinas necesarias para correr y poder echarle frente a un contrabando y una fábrica de ganar millones de dineros fáciles.

Los niños no eran tontos y en vez de aprovechar el estudio necesario para una vida cómoda, ya que la ignorancia es el poder de los gobernantes, intentaban buscar las formas para pertenecer a algún escalón de la organización.

Pero viendo esta forma de trabajar hacia que salieran muchos atrevidos, para darse a conocer y llevar las cargas a los lugares donde hubieran quedado.

Hassan se quedó perplejo al observar a aquella niña de unos quince años, la cual hablaba con sus amigas sentada en un poyete, junto a la rampa que desemboca a la playa de Benzú.

No pudo reprimir el gusanillo, de un chaval de dieciocho añitos, eso sí con muchos «tiros dados», que pudiera deparar un posible encuentro con el amor.

No fue la primera, ni la última vez que la vió, eso sí, siempre deseando un instante nuevo. Pero algo dentro de su interior floreció lo que podemos llamarle amor.

No se lo pensó dos veces y rápidamente habló con sus padres para que se pudiera formalizar aquello.

Tras hablar las familias se dio cuenta Fatima que todo iba muy en serio y sus instintos de mujer empezaron a despertar.

Los encuentros eran más en privado, siempre con la custodia de alguna de sus hermanas, pero eso no pudo con la pasión de los enamorados y algún que otro «pico» cayó, y gentilmente aceptado por ambas partes.

Todos daban su consentimiento, ya que coincidían en que formaban: «Una buena pareja».

Ambas estirpes se juntaron en la casa de la novia, o sea, Fátima.

Ella iba muy bien arreglada con el traje típico «khaftan» y unos zapatos de punta los «shervil», con su pelo bien arreglado y el maquillaje que la hacía mucho más guapa, tampoco se quedó atrás Hassan que portaba una especie de chilaba muy informal «habaya» y unos zancos «belga», los dos se lanzaban miradas furtivas y comprendían que estaban muy enamorados.

El trámite había puesto el punto y seguido para formar en el futuro un nuevo hogar, una nueva casa que necesitaba un principio básico, un trabajo para poder aportar los correspondientes «garbanzos» para ellos y su futura descendencia.

Una noche cerca de la Mujer Muerta, varios amigos, a altas horas de la noche y fumando «unos petas», con dosis de té caliente, los cuales iban trayéndolo de la «tetería» del barrio muy cerca de la mezquita, y con la ayuda de una buena conversación, con el potente parchís, los dados, donde los números que iban buscando cada contendiente, y unas damas, para esos estrategas, dentro de un cobertizo con una luz muy tenue, y necesaria para ver las caras de sus colegas, poder jugar y escuchar aquellos comentarios llenos de ilusión, fantasía y pleitos para un futuro, que todos lo deseaban.

Cuando Hassan desplegó una nueva inspiración llena de mitología, y de una llama de aquello que había fumado.

El mismo fue quien hizo la llamada para que miraran al mar donde algo, y grande, estaba flotando.

Uno de ellos se echó al mar, empezando a nadar, comprobando que era una «goma», otro salió corriendo a dar la alarma hacia una casa y al poco tiempo había allá un regimiento de obreros que buscaban rescatar aquella «máquina» para poderla poner operativa en su debido momento, e instante.

Mucha gente se metió en el agua, y con empujones fueron llevándola hacia la orilla, donde esperaban más para echársela a hombros y como si fuera un «paso» de la Semana Santa fue llevada hacia un garaje cercano.

Hassan observó la cara de una de las personas más influyentes del barrio y no lo pensó dos veces, y fue a hablar con él.

—Buenas noches, me gustaría decirle que yo he sido el que ha visto en el mar lo que hemos rescatado y desearía que pudiera aprender a manejarla esa u otra parecida.

En aquel momento no hubo palabras, solo una mirada que parecía que estaba grabando la cara y lo que le estaba diciendo, ya que estaba dando órdenes, pero a pesar de todo lo tuvo en cuenta.

La vida corría, con las mismas costumbres, pero los sueños de Hassan pasaban de ser especulaciones, a creer que algo había influenciado en sus rezos lo que había pasado aquella pasada noche.

Al cabo de unas jornadas un correo dejó un mensaje en la casa de nuestro protagonista.

Y decía textualmente: «A las seis de la mañana tenía que estar en la Aduana de entrada de España con Marruecos».

La madre fue quien se la dio, con una cara de desconsuelo y muy preocupada, pero él le quitó la importancia. Aquella noche no pudo dormir por la intranquilidad de aquella quedada.

Llegó el momento y allí estaba esperándole un amigo suyo del barrio.

Se saludaron y le invitó a que lo acompañara.

—Antes que me digas algo, te voy a indicar que no puedo decirte nada, de nada.

Después de hacer los trámites aduaneros, cogieron un taxi que los llevó al puerto deportivo más cercano.

Allí un chaval que podía rondar los veinte años, les invitó en una cafetería a tomar té y cada uno pidió su menú preferido.

Seguidamente fueron al embarcadero y les presentó una máquina de tres «cabezones» que para él era una maravilla. La observó y se quedó parado, sin poder reaccionar.

Mohamed le invitó a entrar a bordo y Hassan se lanzó y de un brinco ya estaba sentado en el volante, y mirando hacia adelante. Su imaginación salió hacia lo que entrenaba en clase, en sus sueños, los saltos de la embarcación ante las olas y la euforia de los tripulantes.

Del volante le quitó Mohamed a Hassan, con las siguientes palabras:

—Tú todavía eres un «mocoso» y debes de ir en el último asiento.

Pero después de arrancar el aparato y dirigirse hacia alta mar, le espetó que se fijara en todo lo que hacía el. Y con los ojos más abiertos que un búho estuvo muy pendiente de todo.

Después de casi una hora pudo coger el volante Hassan y puso en práctica todo lo aprendido.

—Eres un alumno muy aventajado. Te pediré como copiloto en un próximo viaje.

Y así fue.

Eran las nueve de la noche, a punto de cenar, cuando un niño trajo una carta.

En ella decía que fuera de inmediato hacia el carrillo de Karim.

Y ni se lo pensó, y eso que esa noche había preparado la madre su plato preferido.

Vino un coche todoterreno negro y se montó en él, y fueron a la Aduana, acto seguido fueron al mismo sitio donde había recibido su bautizo de aprender a manejar su ilusión, su posible trabajo para poder mantener a una familia.

Le preguntaron si había cenado, y el con mucha timidez dijo que no, y de inmediato le explicaron, que no se preocupara que había dentro de uno de los compartimentos bocadillos, zumos y mucha agua.

Su misión era estar pendiente del conductor y ayudarle en todo lo que le dijera.

Era Mohamed su profesor y también el que le iba a proporcionar su primera aventura real en lo alto de una embarcación de «combate».

Cuando entró tuvo que ir con mucho cuidado para no caerse al mar, ya que había muchos paquetes por todos los lados.

Volvió a ponerse el último.

Un poco antes Mohamed le habló:

—Te acuerdas de todo lo que te enseñé, pues tenlo presente, pues si me pasa algo, tú serás el responsable de esta embarcación y de todo lo que hay dentro. Mucho cuidado.

Se le hizo un nudo en la garganta, y dio la afirmación con su cabeza.

Aquella noche fue de maravilla todo, y la descarga igual, y antes del amanecer ya estaba Hassan pasando el control de la Policía Nacional y cogiendo un taxi que le desplazó a su casa.

Los padres le estaban esperando despiertos y cuando apareció le abrazaron y lo llenaron de besos.

Al medio día un chiquillo llegó con un sobre donde había dinero y una nueva nota: «las nueve de la noche otra vez en el kiosco de Karim».

Un nuevo día de aventura real y un nuevo amanecer en Ceuta.

Le pusieron el «Niño de la Suerte», ya que nunca tuvieron ningún incidente y mucho menos tirar las «arpillas» por la borda.

José Domingo Benedicto Guerrero

Este relato es la experiencia de unos años vividos en mi querida Ciudad Autónoma de Ceuta, donde Cuna del Contrabando existió, pero con otros personajes. Su autor José Domingo Benedicto es columnista del periódico local El Faro de Ceuta. Fue tercero en el concurso internacional de Tetuán de relatos con Layla. Ha publicado tres libros: *Caballa de adopción* donde narra lo que ocurre con el funcionariado de nuestra Perla del Mediterráneo. *Susana: mujer, madre e hija*, donde da fe de la vida y dudas de una mujer ante un posible padre que no tuvo. Y *Abuelo Intrigante* que nos lleva a un mundo de fantasías de un hombre con vocaciones de Casanova caballa.

Domingo Nofuentes Hernández

EL ENCARGO

Desde dentro, el aspecto de aquel antro le resulta aún más lamentable que lo que fue capaz de intuir desde la calle. Nada más abrir la puerta, una nube de vapor le da la bienvenida. Huele a fritanga, a rancio, a humedad. El sonido de dos máquinas tragaperras se alza sobre el bullicio del local, con su reclamo de sirena de feria. Al fondo, una mesa de billar de tapete gastado hace lo posible por entretener a unos cuantos tipos con pinta de haberse fugado de prisión esa misma tarde.

Sobreponiéndose a las ganas de salir corriendo, se acerca a la barra con gesto indeciso. El barman es lo más parecido a un bulldog francés antropomorfo, salvo por el bigote bien cuidado y por el hecho de que los bulldogs no tienen esa frialdad de acero en la mirada. El camarero le pregunta si se encuentra bien, alertado sin duda por la pajiza palidez de su rostro y su expresión ausente. Todo bien, le contesta, pero la tensión de su sonrisa desmiente sus palabras. Al fin se atreve a entrar en materia y le pregunta por alguien. Solo sabe su alias o su apodo. El barman perruno señala con la cabeza a un tipo sentado en una esquina del local, con un vaso ancho en la mesa y fumando en silencio.

Cuando está lo suficientemente cerca de él advierte que una cicatriz le baja por el lado derecho del cuello, una banda de piel mal fruncida que le tira ligeramente de la cabeza hacia ese lado. Tiene la piel morena, el pelo gris y arrugas en las comisuras de los ojos. La mandíbula inferior, grande y apretada, le fuerza una expresión sombría, como de hombre hastiado. Ha cogido el vaso por la base y lo observa un instante

24

al trasluz, apreciando la placidez aceitosa del líquido en el que está deseando sumergirse.

El recién llegado se planta ante él. Se presenta y añade que viene de parte de Andresito «El Cojo», primo segundo suyo y un tipejo con contactos y el perfil moral de una cucaracha. El hombre de la cicatriz levanta la mirada, ahueca una media sonrisa afilada como una navaja, y deja ir el humo del cigarro por la nariz, sin prisa, apagándolo en un macetero cercano donde agoniza un cactus. Lo invita a sentarse con un gesto. El Cojo me ha dicho que tiene un encargo para mí, dice por toda presentación. Su voz es grave, rugosa.

El otro saca del bolsillo interior de su chaqueta un sobre marrón y lo desliza sobre la mesa. Ahí tiene lo acordado, le dice, haciendo oscilar sus pupilas de un lado a otro en un gesto vigilante, junto con los datos del individuo, sus hábitos y horarios, tan solo le pido que sea rápido, ha de ser algo totalmente inesperado para él.

El sicario asiente satisfecho mientras cuenta el dinero en el regazo. Cuando termina, pinza con los dedos la única fotografía que contiene el sobre. De pronto, su semblante muta de la curiosidad al recelo y se queda mirando a su interlocutor fijamente, como escaneándolo. El individuo de la fotografía, sospechosamente, se parece demasiado a la persona que tiene ante él.

El otro se da cuenta, y como única respuesta solo acierta a sonreír, buscando complicidad. Esta misma mañana ha recibido una llamada de la Aseguradora ratificando que todo está en regla, que desde el día de la firma la póliza de su seguro de vida está en vigor. Una breve pero intensa corriente eufórica le recorre la médula espinal al recordar que la indemnización por muerte violenta es verdaderamente cuantiosa; al menos, le queda la certeza de que cuando él ya no esté a su familia no le ha de faltar de nada.

DOMINGO NOFUENTES HERNÁNDEZ

Nació en Granada en el año 1971, donde estudió Ciencias de la Educación. Desde el año 2000 reside en Ceuta donde desempeña su labor profesional, ciudad de la que se considera un fiel hijo adoptivo.

A lo largo de estos años ha publicado «Entre la arena y la muralla – Episodios ceutíes» (Editado por Instituto de Estudios Ceutíes), un libro de relatos históricos cuyos protagonistas comparten como lugar común la ciudad de Ceuta.

Asimismo, ha colaborado frecuentemente con el diario «El Faro de Ceuta» en la elaboración de diversos artículos de opinión literaria, además de haberse visto publicados varios de sus relatos y microrrelatos en diferentes publicaciones, junto con otros autores de ámbito local.

Para él, la escritura es una necesidad casi biológica, y un arte, capaz como ningún otro, de conectar corazones, mentes e historias.

Mariam Hassouna Daou

EL ESPEJO DE LA MEMORIA

El puerto estaba en silencio aquella tarde, como si el mundo contuviera la respiración. La luz del sol se deshacía lentamente, derritiéndose sobre el Estrecho, y la luna comenzaba a reflejarse en las aguas tranquilas. Caminaba sola, dejando que la brisa marina acariciara mi rostro, sintiendo la sal en el aire, ese olor que siempre me ha acompañado desde niña. Me detenía a mirar los barcos a lo lejos, imaginando las vidas que transportaban, y me preguntaba si acaso la realidad no era solo un reflejo de nuestra propia percepción. Desde pequeña había sentido que el tiempo no era lineal, que los recuerdos, los deseos y los pensamientos se mezclaban de formas imposibles de comprender. Mis padres lo llamaban fantasías, pero yo sabía que había algo más. Cada noche, cuando me acostaba, sentía que mis recuerdos se movían y se transformaban, como si estuvieran vivos, y que lo que había sido y lo que sería podían encontrarse en un instante cualquiera.

Mientras caminaba por la arena, algo llamó mi atención. Allí, medio enterrado en la orilla, había un pequeño espejo ovalado, con el marco gastado por la sal y el paso de los años. Lo recogí con cuidado y lo limpié con la manga. No había nadie cerca, ni huellas frescas en la arena, y aún así el objeto parecía haberme esperado. Lo levanté, y en lugar de verme reflejada, apareció un hombre que no conocía, sentado en el puerto, con la mirada serena y profunda. Sus ojos eran los míos, pero cargaban una madurez que yo todavía no había alcanzado. Mi voz apenas fue un susurro: «¿Quién eres?» El viento se lo llevó antes de que pudiera responder. Entonces el hombre en el espejo levantó la mano, señalando un camino que no existía en la realidad. Sin pensarlo, di un paso hacia adelante y sentí cómo la arena se deshacía bajo mis pies, como polvo que se escurre entre los dedos. Algo en mí me decía que debía seguir.

No sabía si caminaba sobre tierra o sobre memoria, sobre pasado o sobre futuro. Cada paso me llevaba a un lugar que parecía conocido y, al mismo tiempo, imposible. Los recuerdos y los deseos se entrelazaban y tomaban forma: la risa de mi abuela en la cocina, la voz de un amigo que había perdido contacto, momentos que creía olvidados y emociones que no había permitido sentir. Sombras y luces danzaban a mi alrededor, como si el tiempo mismo quisiera mostrarme todas las posibilidades de mi vida. Me detuve ante una plaza extraña, donde los nombres de personas que nunca había conocido flotaban en el aire, y pude escuchar voces recitando pensamientos que yo había tenido, pero que había olvidado. Cada palabra era un recordatorio, una pregunta, un consuelo y una advertencia.

Un reflejo más joven de mí apareció sentado en un banco, mirándome con ojos brillantes y sinceros. «¿Recuerdas quién eres realmente?» preguntó. Esa pregunta me atravesó como un filo invisible. ¿Quién era? ¿Era mis decisiones, mis errores, mis silencios, mis palabras no dichas? ¿O era algo más profundo, algo que no podía nombrar? Cada respuesta que surgía de mi mente parecía abrir un nuevo espejo dentro del espejo, y pronto me sentí atrapada en un laberinto donde pasado, presente y futuro eran una sola realidad, diferentes caras de un mismo instante.

Más adelante, otro reflejo, más viejo, con arrugas que marcaban cada elección tomada, me habló con una voz que parecía venir de muy lejos: «No busques afuera lo que solo puedes encontrar dentro. Debes mirarte sin miedo». Comprendí que cada paisaje que veía, cada escena, cada recuerdo, era una parte de mí misma. Un bosque podía transformarse en un desierto y luego en una ciudad que no existía, pero que era dolorosamente familiar. Allí estaban mis alegrías, mis arrepentimientos, mis silencios, mis palabras que nunca pronuncié. Cada reflejo era un fragmento de mi alma que necesitaba ser reconocido. Y comprendí que la soledad que siempre había sentido no existía realmente: estaba acompañada por todas mis versiones, por todas las vidas que había vivido y podría vivir, y que de alguna manera, todas ellas me guiaban hacia algo que no comprendía del todo, pero que intuía esencial.

El espejo me transmitió algo que no necesitaba palabras: «Todo lo que imaginas ya existe; todo lo que olvidas persiste en algún reflejo». Sentí que entendía que cada vida que vivimos deja huellas invisibles en otras versiones de nosotros mismos, que cada elección es un eco que resuena más allá del tiempo, y que cada emoción ignorada o reprimida permanece viva en otra parte de nuestra existencia. En ese instante, el reflejo me entregó una piedra pequeña y oscura, con un brillo suave y constante. Al tocarla, sentí una corriente de recuerdos que no eran exactamente míos, pero que de alguna manera pertenecían a mi memoria, como si fueran secretos compartidos con la vida misma.

Cuando levanté la mirada, el hombre había desaparecido. Todo había cambiado: el puerto estaba desierto, los barcos dormían en la lejanía, y la luna parecía más cercana, observándome con complicidad. Guardé el espejo en mi bolso, pero su influencia permanecía. Comprendí que el misterio no estaba en lo desconocido, sino en nuestra capacidad de reconocernos en él. Esa noche, en mi habitación, coloqué el espejo sobre la mesa y me miré. Por un instante vi no solo mi rostro, sino todos los rostros posibles de mí: niña, adolescente, universitaria, adulta, anciana… todas las versiones que había sido y que podría ser. Sonreí al comprender que el tiempo no era ni enemigo ni aliado, sino un espejo donde nos encontramos a nosotros mismos. Y justo antes de dormir, mi reflejo me guiñó un ojo, como diciéndome que aunque entendiera algo, aún quedaba mucho por descubrir.

Al día siguiente regresé al puerto, esperando ver el espejo, pero ya no estaba. No quedaba rastro de él. Sin embargo, algo había cambiado dentro de mí. La piedra que me habían entregado brillaba ligeramente, como recordándome que el verdadero espejo estaba en mi mente, en cada decisión, en cada instante. Desde entonces, cada vez que camino sola, cada vez que miro mi reflejo en el agua, en una ventana o en un cristal, me detengo y me pregunto: ¿qué reflejo estoy viendo? ¿Es el de quien soy, el de quien fui, o el de quien podría llegar a ser?

Porque, al final, comprendí que todo misterio verdadero no termina con una respuesta. Termina con la certeza de que cada instante que vivimos es un reflejo de todos los que nos preceden y nos sucederán, y que solo quien se atreve a mirar el espejo, incluso cuando duele, puede reconocerse de verdad. Y a veces, me pregunto si aquel espejo me buscó a mí, o si fui yo quien, sin saberlo, siempre lo había estado buscando.

Desde entonces, cada noche cierro los ojos y siento que no estoy sola. Que hay múltiples versiones de mí misma caminando a mi lado, recordándome que la vida no es solo lo que vivimos, sino también todo lo que dejamos atrás, todo lo que soñamos y todo lo que olvidamos. Y que en ese reflejo infinito, quizá, se encuentra la verdadera libertad: la libertad de reconocernos, aceptarnos y seguir caminando, aunque nunca sepamos con certeza hacia dónde nos llevará el próximo reflejo.

Mariam Hassouna Daou

Este relato nace de mi interés por la memoria, el tiempo y las distintas versiones de nosotros mismos que conviven en nuestra mente. Intenté indagar la manera en que los recuerdos, las emociones y los deseos se entrelazan y cómo cada decisión deja una marca imperceptible en nuestra vida. Cuando lo escribía, tuve la sensación de caminar al lado de mis propias versiones y me di cuenta de que la soledad es, en ocasiones, simplemente un reflejo de nuestra percepción. La historia del espejo me posibilitó jugar con la realidad y la fantasía, intentando comunicar que el autoconocimiento es un viaje incesante e intenso. Espero que los lectores puedan hallar en él un momento de reflexión acerca de quiénes somos, quiénes hemos sido y quiénes podríamos llegar a ser.

Juan José Castillo Sánchez

EL ETERNO RETORNO

Sísifo se puso la mano en la frene a modo de visera, y miró al cielo con los ojos entrecerrados. Era evidente que ya hacía mucho tiempo que había amanecido. El Sol se encontraba bastante alto y sus hirientes rayos dañaban la vista y quemaban la piel.

Sísifo se levantó de un brinco y oteó el terreno a su alrededor. Otra vez le sobrevino la ansiedad. La sola idea de pensar en lo cotidiano lo sumía en un profundo pavor que lo paralizaba de arriba abajo.

Comenzó el sonido de piedras rodando sobre su cabeza. Se encontraba en un inmenso cráter de paredes que llegaban a ser tan verticales en la periferia que era imposible tan siquiera pretender escalarlas.

La gran bola de roca no tardó en aparecer en el borde, y en un instante se precipitó hacia el interior de cráter, rodando con gran estrépito, y levantando una gran nube de polvo. Así lo hizo hasta llegar al borde de un gran agujero en el que terminaba el cráter.

Sísifo, colmado de rabia, empujaba la gran bola con todas su fuerzas, hasta conseguir que cayera al abismo.

Así transcurría sus días, alimentándose de unos seres híbridos entre planta y animal que habitaba aquel planeta, y que conseguía cazar a base de mucha perseverancia.

Un día al empujar una bola de roca, lo hizo con tanto ímpetu, que rodó por el agujero y se deslizó por él hasta un sitio extraño. Era como una fábrica.

Pronto se percató de cuál era el mecanismo de su «eterno retorno».

Allí caían las bolas de rocas desintegradas. Una gran maquinaria se encargaba de recoger los pedazos, que eran trasladados mediante una cinta transportadora a una sección donde eran compactados para formar una nueva bola de roca.

Sísifo puedo observar como un gran robot, que se asemejaba a una mantis religiosa, hacía rodar la bola hasta la superficie. Luego era fácil imaginar que la acercaba al filo del cráter y la lanzaba a su interior.

Sísifo enloqueció. No podía creer lo que acababa de contemplar. «¿A qué mente perversa se le podía haber ocurrido semejante maldad?» pensó.

Con una gran rabia, empezó a golpear toda la maquinaria. Barras, tuercas, tornillos… Todo lo hacía saltar, y arrancaba todo lo que podía.

Extenuado, se paró un momento y observó todo el destrozo que había hecho, pero con eso no estaba satisfecho.

Aunque, para su asombro, todo lo que había roto, se empezó a mover.

Mágicamente los elementos que él había desprendido, de pronto suavemente se deslizaron por el aire y se fueron colocando en su posición de origen. En unos segundos todo estaba como nuevo.

La cara de Sísifo era un poema. Sus ojos vidriosos se llenaron de lágrimas. Inició un llanto que parecía no tener fin. Había conocido las entrañas de su condena.

Juan José Castillo Sánchez

El eterno retorno reinterpreta el mito de Sísifo desde una perspectiva contemporánea que fusiona el simbolismo clásico con una estética de ciencia ficción. El relato sitúa al protagonista en un entorno mecánico y deshumanizado, donde su castigo se repite a través de un sistema automatizado que reconstruye perpetuamente la roca y el sufrimiento.

El texto explora temas como la alienación, la repetición absurda y la impotencia ante un orden inmutable, evocando la noción del absurdo de Camus. Su estilo conciso y visual refuerza la sensación de angustia y fatalismo, mientras que el descubrimiento de la «fábrica del castigo» introduce una crítica implícita a la mecanización de la existencia.

En suma, *El eterno retorno* ofrece una reflexión lúcida sobre la condena cíclica del ser humano y la imposibilidad de subvertir un destino impuesto.

José Muñoz Cabrera

EL RÍO DE HERÁCLITO

Cuando Fabricio Castillo González asistió por primera vez a *El Ángelus*, oficiado por el Papa en italiano y en latín en El Vaticano, le llamó la atención solo una cosa: la pronunciación de esta última lengua. Él, siendo más preciso, podía decir que había oído al Sumo Pontífice en directo, aunque no se atrevería a decir lo mismo de su imagen, la cual solo pudo contemplar por las pantallas gigantes que se habían colocado en la Plaza de San Pedro.

Con la muerte del Papa Francisco, se puso de moda por unos días la atención a esta lengua universal en España. Frases como *Extra omnes* o *Habemus Papam* hicieron olvidar un poco el maltrato que las lenguas clásicas sufrían en España, donde ni la izquierda ni la derecha habían logrado hasta ahora darle su sitio. Eran las únicas materias de todo el currículo que no tenían ninguna de sus asignaturas como obligatoria.

Lo que a Fabricio le sorprendió, y no porque antes no tuviera constancia, fue que cada uno de los cardenales a los que había oído pronunciar latín, incluido también el Vicario de Cristo en la Tierra, lo hiciera con acento y forma diferente. Él, aunque solo había estudiado esta lengua indoeuropea en el preterido segundo de BUP, se sentía un privilegiado por haber tenido un mínimo de acceso a este idioma. Finalmente, se había decantado por estudiar ADE, pero siempre le quedó la espinita de haber ampliado su estudio, algo que solo logró resarcir muchos años más tarde con Duolingo, en latín con inglés, y con el estudio del Microgrado en Estudios de la Antigüedad de la UNED.

Como le había dicho su profesor de latín en su

momento, este se puede pronunciar de tres maneras: de la forma nacional, de la forma de la iglesia (muy semejante a la forma italiana) y de la forma en que nos enseñó el ilustre humanista, teólogo y filósofo neerlandés Erasmo de Rotterdam. Esto se percibe claramente cuando se pronuncian palabras con el sonido /k/ o /g/, donde cada lengua campa a sus anchas.

Fabricio pensó que había que hacer algo e intentar una unificación de la pronunciación latina entre los eclesiásticos y, evidentemente, el modelo debía de ser las normas que para el latín y el griego clásico aconsejó e implantó Erasmo. A continuación, Fabricio se preguntó por dónde empezar, y se le ocurrió escribirle una carta a la embajadora de España en El Vaticano. En su epístola le consultó si no se podría impartir un curso de latín clásico a todos los cardenales y al mismísimo Santo Padre.

La respuesta le llegó a su vivienda situada en la calle Pasquale Revoltella, 96, Interno 22. En su misiva, la embajadora, después de congratularle de que la iniciativa era muy interesante, le aconsejaba que se pusiese en contacto con el profesor de latín que ese año había llegado al Liceo Español «Cervantes». Este era de El Arahal, en la provincia de Sevilla. Desde hacía varios siglos los profesores de latín de esta localidad, tanto hombres como mujeres, gozaban de un prestigio sin precedente en otros lugares. Y añadía que cuando estaba en su apogeo la Universidad de Osuna, en los siglos XVI y XVII, la cátedra de latín estaba establecida en el susodicho pueblo de la campiña sevillana.

Su año sabático en la ciudad eterna le permitía tomarse con calma sus obligaciones. A los dos días, se presentó en el Liceo Cervantes, sito en Vía Di Porta S. Pancrazio, 9-10 (zona Trastevere). Llegó cuando los alumnos todavía se encontraban en el primer recreo. Preguntó a uno de los profesores que en ese momento se encontraban de guardia si conocía al profesor de latín, José María Pérez Rodríguez, y le dijo que sí, pero que no sabía dónde se encontraba ni si había llegado ya al centro escolar. Le aconsejó que hablase con una de las bedeles que, a su vez, le llevaría a Secretaría, donde le indicarían cuál era su horario.

Uno de los auxiliares administrativos miró en su ordenador el horario de los profesores y le indicó que José María ese día entraba a las doce de la mañana, justo cuando se oía el cañonazo diario y de rigor. Resonaba con tal estridencia, que parecía que desde el Parlamento italiano y desde el Vaticano invitaban a romanos y extranjeros a defender la ciudad. Fabricio decidió esperarlo en el bar del colegio, tomándose un capuchino claro y un sándwich de jamón y queso.

José María llegó sudando, que hasta se le podía exprimir su camisa azul celeste de Zara. Cuando llegó al Liceo estaba casi sin degüello.

Fabricio tuvo suerte en su espera, ya que el profesor de latín en ese momento tenía Actividades Complementarias (hacer el paripé, en definitiva) y pudo atenderle sin dilación. Fabricio le contó todo lo que le había acontecido desde que oyó *El Ángelus* hasta que recibió la carta de la embajadora. También le habló de su «curriculum vitae». A continuación, le propuso su plan, al que contestó de esta forma el latinista:

—Señor Fabricio, su idea de unificación del latín me parece una idea maravillosa, y algo parecido había yo también pensado hace tiempo, pero creo que no le puedo ser de mucha ayuda.

—Y eso, ¿por qué? Creo que usted sería la persona idónea. El único profesor español de latín aquí en Roma, y además de El Arahal, cuna de grandes profesores, a la altura de Beatriz Galindo.

—Gracias por compararme con *La Latina*, que en gloria esté, al igual que su insigne alumna doña Isabel la Católica. El problema radica en que nosotros, los profesores a los que envía el Ministerio de Educación, Cultura y Deporte tenemos la exclusiva. ¿Qué quiere decir esto? Que no podemos percibir emolumentos de ninguna otra institución, salvo pena de multa e incluso de exclusión de nuestro puesto de trabajo.

—Pero se podría dar gratis —objetó Fabricio.

—Ni así, porque bajo esa magnanimidad se podría pensar que hay dinero negro en el fondo.

—Comprendo —terció Fabricio—. Bueno, debería de desistir de la idea.

—¿Por qué? Usted me ha contado los estudios que tiene al respecto y creo que podría atreverse a emprender esta magnífica idea.

—No sé si mi nivel de latín daría para ir más allá de las cinco declinaciones y de un poco de la conjugación verbal.

—¿No me ha dicho que usted trabaja para una sucursal importante del BBVA? Usted ha hecho ADE en la Universidad de Sevilla y se ha doctorado en la Complutense con una tesis, valorada con *sobresaliente cum laude,* sobre el impacto de las pequeñas empresas en localidades mayores de cien mil habitantes, ¿no?

—Sí, exactamente. Eso es lo que le he contado.

—¿Y va a arrugarse por enseñar unas nociones de latín a unos cuantos cardenales carcamales, que la última vez que estudiaron esta lengua apenas habían salido de la Primera Comunión?

Gracias a la mediación de la señora embajadora, que movió hilos por todos lados, y tras la aprobación del Sumo Pontífice del proyecto de Fabricio, se habilitó una estancia en los Museos Vaticanos para las clases de latín.

Lo primero que hizo el profesor fue preparar una prueba inicial para ver cuál era el nivel de los concurrentes. Cuando la corrigió, se llevó las manos a la cabeza. Salvo algún que otro, que todavía recordaba las nociones básicas de la lengua de Cicerón, el resto le tuvo que confesar cuando le entregó los resultados que no pasaban del *rosa, rosae*. Ante tal tesitura, les propuso a sus alumnos, con la anuencia del Papa, que si no les importaba empezarían por el alfabeto latino. Su idea era hacer tabla rasa y enseñarles los vericuetos del latín como si se tratase de una hoja en blanco. Todos estuvieron de acuerdo.

Las dos primeras semanas las clases transcurrieron con la normalidad esperada, pero a la siguiente las cosas se empezaron a torcer en la persona de Fabricio. Él solía tomar el tranvía número 8, la línea Piazza Venezia-Casaletto, para en diez minutos andando llegar al apartamento que había alquilado. Al llegar ese lunes, la portera le entregó una carta sellada. La abrió al llegar al piso y al leerla se quedó boquiabierto con su contenido. Era escueta y la firmaba la *Asociación Conservadora Romana del Sínodo*:

Señor Fabricio Castillo, desista en continuar con sus clases de latín en El Vaticano. Consideramos que su forma de proceder es humillante para todos los miembros de la Iglesia católica, apostólica y romana. Lo mejor es que regrese a Sevilla en el primer avión que pueda tomar. En caso contrario, aténgase a las consecuencias.

Fabricio se lo tomó a broma y el martes reanudó sus clases. Al salir, un grupo de «falsos peregrinos que participaban en el Jubileo» lo abordó. Le pusieron una capucha y lo lanzaron al río Tíber. Gracias a la mediación del capitán de un barco turístico, que lo avistó en el agua mientras estaba a punto de ahogarse, salvó su vida.

Ni se despidió del Papa ni de sus alumnos los cardenales, ni de la embajadora de España en la Santa Sede, ni del profesor de latín del Liceo, ni de nadie. Compró el primer vuelo que encontró a Sevilla y regresó a su ciudad.

Estuvo varios días encerrado en su casa del barrio de

Triana, resquebrajándose la cabeza queriendo encontrar una respuesta de por qué habían actuado así contra él. Consideraba que no había hecho nada malo, solo que el nivel de sus discentes no era lo que él esperaba y había tenido que enfocar sus clases de una manera no programada en principio.

Tras unas jornadas de meditación, reanudó una de sus aficiones preferidas: dar paseos a lo largo del río Guadalquivir. Yendo por la calle Torneo dos encapuchados le metieron un papel en el bolsillo. Al llegar a su casa, lo abrió y leyó su contenido. Lo firmaba la *Asociación Izquierdista en Defensa de los Valores Éticos Anticlericales*. Este era su contenido:

Señor Fabricio, es usted un vendido. ¿Cómo se le ocurrió dar clases de latín en una institución caduca y falsa como es el cuerpo cardenalicio? Esta gente lo que tiene montado es un chiringuito en El Vaticano para sacar dinero a los pobres peregrinos con su promesa de una vida mejor y plena en el supuesto Paraíso. ¿Ya se le ha olvidado a usted su colaboración, años atrás, en la Asociación «Sevilla Acoge»? Ha pasado de luchar por la educación de los migrantes y su integración en nuestra sociedad a lamerle el culo a la derecha explotadora clerical. Aténgase a las consecuencias si sigue con sus paseítos fluviales.

Fabricio pensó que se trataría de un juego de rol. Ni modo pensaba encerrarse de nuevo en su casa y lamerse las penas. Al día siguiente esos mismos encapuchados lo agarraron por pies y manos en cuanto llegó al puente de Triana y lo lanzaron al río.

Gracias a la perspicacia de unos remeros que estaban entrenándose para la regata *Sevilla-Betis* pudo salvar de nuevo su vida. Cuando se despertó del choque, se acordó de una de las sentencias de Heráclito, pero dándole un sentido un poco diferente a como había querido indicar el filósofo de Éfeso: *TODO FLUYE. NUNCA TE BAÑARÁS DOS VECES EN EL MISMO RÍO.*

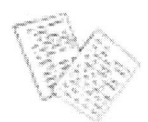

José Muñoz Cabrera

José Muñoz Cabrera nació en Sevilla el 1 de marzo de 1962, pero fue bautizado en la Parroquia de Santa María Magdalena, en Arahal.

Desde septiembre de 2024, es residente en Ceuta, al haber obtenido en concurso de traslados su plaza de profesor de latín en el IES «Siete Colinas». Anteriormente, ha trabajado como docente en varias ciudades de España y del extranjero en distintas disciplinas: Vecindario, La Laguna, Cártama, El Viso del Alcor, Arahal, Marchena, Nueva York, Lisboa, São Paulo, Sevilla, Melilla y Brasilia. En la actualidad, está en comisión de servicios en el Liceo Español Cervantes de Roma.

Como escritor suele participar en certámenes literarios, habiendo obtenido varios premios en los convocados en Marchena y Arahal, tanto de ensayo literario, relato corto y poesía. También ha probado como autor teatral.

José Luis Lacaci López

EL TEATRO, CAMPO DE BATALLA DE LAS PASIONES

Señoras y señores, esto es la guerra. He de advertirles que hace unos instantes, han penetrado en un auténtico escenario bélico.

La palabra drama proviene del griego y significa «hacer» y los actores son simples soldados que, armados de la palabra, «hacen» su lucha. Disparan aquí o allá, con peor o mejor puntería, al tedio, al aburrimiento o al conformismo de una sociedad ávida de sensaciones y emociones, a veces encontradas, que buscan su verdad o quizá su mentira tras un telón.

Esquilo, Sófocles y Eurípides fueron los grandes hacedores de la tragedia griega hace milenios y hoy autores contemporáneos aún beben en sus fuentes.

Esos tres generales que comandaron a sus huestes de actores en cien batallas, perpetradas entre columnas dóricas y escenarios esculpidos por Fidias, cambiaron las espadas por pergaminos y los cascos militares por máscaras teatrales.

Aristófanes, Menandro, Plauto, Terencio… Roma necesita olvidar tanto drama de sangre a espada y una nueva legión empuña la pluma y crea la comedia. El pueblo pide consuelo a tanto sufrimiento y los cómicos extienden su conquista a través del mundo conocido.

Luego vinieron los juglares a contar las crónicas de sus señores y ensalzar sus andanzas bélicas y amorosas. La parte más lúdica fue a cargo de la infantería ligera, los bufones, que llevaban a cabo un trabajo encomiable de variedades; eran al tiempo: actores, malabaristas, payasos…

Qué decir de Shakespeare, Molière, Lope, Calderón…La creme de la creme. Ahora, vamos a entrar en combate a pecho descubierto, como les gusta a los actores comprometidos. Drama, comedía… ¡Qué más da! es teatro.

El autor, es sin duda el maestro armero de la compañía. Debe tener siempre a punto la munición, perfectamente cargada en el libreto del actor. Las palabras deben salir como balas y alcanzar su objetivo, el público.

El problema es cuando el autor cae en un bache, al que llama, el bajón literario. Sabe, que lo único que tiene que hacer es golpear sus dedos sobre el teclado y esperar a que broten las letras en torrente, fluyan sobre el blanco de su papel, formando conjuntos caprichosamente y que la musa de la inspiración, las sitúe en el orden adecuado.

A veces, en el camino, tropieza con varias letras que estaban buscando emplazamiento y andaban algo despistadas, pero enseguida las acompaña a su lugar y éstas se lo agradecen, formando unas palabras de lo más correctas, sin faltas ortográficas. A lo mejor, sólo se han alborotado por una traviesa uve que se había escondido detrás de una pícara palabra.

A veces, me duele tanto la escena, que mis lágrimas, son palabras rotas en un texto desgarrado. Escribo sobre un manto de nieve que se evapora con el calor de mis emociones más profundas.

La vida pasa a mi lado y me roza con ímpetu, pero yo sólo quiero escribir historias y la dejo transcurrir por su carril, altiva e indolente como una diva, cabecera de cartel.

No me interesa la fama, ni el figurar, sólo quiero vaciarme sobre los folios que me miran amenazadores y exigentes de alimento para sus párrafos, comedores de tipografía diversa.

El teatro me quiere dominar, pero yo me resisto como Troya a los griegos y lucho. Caigo y me levanto una y otra vez, hasta que entrego mi espada y mi arte a las actrices y a los actores.

El público se convierte en un aliado necesario para tan beligerante misión, la batalla de los sentidos, el cenit de todo autor, la obra teatral. El dulce sonido de la ocarina en las representaciones de Ovidio, se cuela entre los pliegues del telón y se funde con las armoniosas voces del elenco contemporáneo del teatro, templo de los sueños inmortales.

El autor paga su tributo a las musas, inspiradoras de hermosas o dramáticas representaciones. Se desnuda por dentro y expone a la crítica y al debate público, a veces cruel, su creación artística.

Me confieso pecador, de pecado capital. La carne es débil y la tentación sublime. He pecado de escenario mil veces y otras mil que pecaré, pues soy enfermo de fiebres, las del autor teatral.

Escribo comedia sobre un espejo y veo reflejado al bufón que soporta la tragedia de vivir y la esconde en el sótano de su existencia. Trato de trasformar la pena en dicha y las lágrimas en sonrisas, una estúpida pretensión que no cambia la realidad, pero ayuda a tragar la amargura con un poco de dulce humor.

Los autores en realidad no existimos, somos un ectoplasma del devenir de la gente, sus tragedias, sus errores, sus traumas, sus bromas, sus amoríos, sus desengaños y simplemente lo contamos y la gente se reconoce en cada frase, en cada escena, en cada silencio y aplaude al final, como si su propia historia hubiera quedado atrás, pero sigue ahí, dentro del espectador, el auténtico autor.

Amo la literatura y se me acaba de ocurrir, que los

autores son pastores de palabras, que pastan en su imaginación, alimentándose durante la primavera más prolífica de su creatividad para luego, poder cruzar los caminos que se alinean sobre el blanco del papel, en el invierno de su declive.

En nuestra guerra no haremos prisioneros. Trataremos de disparar directamente, primero a la cabeza, para llegar después al corazón. Seremos despiadados y generosos, maduros e infantiles, felices y desdichados.

Caeremos en desgracia mil veces y mil veces nos levantaremos. Buscaremos la oscuridad y seremos absorbidos por la luz cenital de unos focos que son seres inanimados, pero que poseen el don de resaltar los momentos importantes. Luces de bohemia, que crean ambientes tórridos o deslumbrantes escenas.

El verdadero teatro, no se representa en una majestuosa sala con cómodas butacas de terciopelo y ricos tapices en un lujoso entorno. El verdadero teatro se representa, en lo más profundo de cada espectador. Una función no tiene la misma esencia para todo el respetable público. Cien espectadores que haya, son cien sensaciones distintas de un mismo espectáculo. Suele ocurrir, que, al salir del teatro, la mayoría, parece haber entendido diferentes conceptos de distintas escenas.

Como cada día, caigo rendido a los pies del escenario, y me declaro prisionero de guerra, de la incruenta e ilusionante guerra de los sueños teatrales en este campo de batalla de los ejércitos de la farándula, con su valiente tropa de comediantes, luchadores incansables por la libertad de expresión. Me rindo al teatro.

José Luis Lacaci López

Ante un mundo en desintegración y con una notable pérdida de valores en la sociedad actual; mi foro interno, se ha rebelado y me ha impulsado a ir a la guerra para acabar con la propia guerra. Mi relato, se centra en una contienda de pensadores en vez de soldados sin alma empuñando fusiles y acabando con vidas en vez de crearlas. El mejor campo para mi batalla se me antojó el escenario teatral, un espacio habitable, donde la fantasía y la ficción tomen el lugar de los maléficos drones y nos hagan volar a otros mundos imaginarios y no por los aires, sin retorno.

Cuando se abre el telón, se presenta una declaración de principios ante el público, un convenio no escrito de no agresión, entre actor y espectador. Esa paz que debería primar en el «Gran teatro del Mundo» como diría Calderón.

46

Isabel Ana Cabeza García

EL UMBRAL SILENTE

Elogiaba la belleza de su jardín y regaba, con devota dedicación, el umbral situado al fondo.

Darío cuidaba con esmero cada día su jardín, no se conocía un espacio de mayor belleza y colorido en el pueblo. Sin embargo, algo inesperado vendría a eclipsar esa plenitud y tranquilidad de las que ahora disfrutaba.

Aquello tuvo su origen el día que, a través de la ventana de la cocina, Darío se percató de que el jardín de su vecina vivenciaba algunos cambios. Siempre fue de la opinión de que ese terreno, que su dueña sembraba y cuidaba con esmero, no era más que un lugar desangelado que jamás podría llegar a competir en esplendor con el suyo.

Todos comentaban su dedicación y amor por las plantas. En cambio, eran muy pocos los que conocían la parte oscura de su personalidad, esa en la que guardaba el resentimiento. No llevaba bien el triunfo del otro, sobre todo si creía que este podía hacerle sombra.

Al caer la tarde, Darío se refugiaba en su casa. No era una persona muy dada a las visitas; vivía solo. Nunca se casó, ni se le conoció pareja. La única familia que tenía, su hermana, contaban que se había marchado fuera del país. Todo ello hizo que la soledad se instalara en su perfecto y ordenado hogar durante largos periodos de tiempo; lo que provocó que se agudizara esta dolencia suya.

—¡No es posible! —se decía— que este insignificante y

47

ridículo jardín pueda hacer sombra, ni por un instante, a mi magnífico vergel.

Pero lo cierto es que, día a día, la transformación se iba produciendo, y ello dio lugar al despertar de sus viejas ideas recurrentes. Las rumiaciones se hicieron constantes, y comenzó a experimentar de nuevo la terrible sensación de que el aire no llegaba a sus pulmones.

—Me asfixio —pronunció con un leve hilo de voz.

Esa angustia, que creía ya anclada en su pasado, volvía de nuevo y ahora parecía imparable. Su cuerpo delataba el cansancio, mientras su cabeza seguía el ritmo de la danza de sus reflexiones: «Mi vecina ha logrado reavivar su jardín. Sus flores lucen colores extraordinarios: su flor de loto dibuja un nuevo renacer cada mañana; el púrpura de sus petunias ha alfombrado una buena de su parcela y sus nacarados jazmines extienden su embriagador aroma hasta la vereda».

Darío seguía sin poder desviar la vista de aquel manto de flores. En ocasiones, imaginaba a su vecina arrodillada junto a sus plantas, meciéndolas como si de un bebé se tratara; incluso, le parecía escuchar como estas respondían a su dueña con suaves murmullos.

—¡Necesito hacer algo y pronto! —se dijo desesperado—. Tengo que vencer este desasosiego que me invade, y la única forma de lograrlo es consiguiendo que mi jardín florezca mucho más hermoso y exótico que el de ella.

Al día siguiente, cuando apenas el sol había despertado, Darío cogió su camioneta, y se dirigió hacia el vivero de la localidad. Allí buscó todo tipo de semillas, fertilizantes, y un largo etcétera de abalorios para su jardín. Todo lo que estimó necesario para engrandecer su vergel y convertirlo en una obra de arte, a la que nadie ni nada pudiera hacer sombra.

Así comenzó su batalla por alcanzar el sueño imperialista de convertir su jardín en el lugar más bello de toda la zona.

—¡Tiene que ser el mejor! ¡Tiene que ser el mejor! —repetía una y otra vez.

Los días de dedicación pasaron a convertirse en semanas, y las semanas en meses. A causa del duro trabajo, sus manos se llenaron de ampollas y heridas. Sin duda, aquella entrega se había tornado en algo enfermizo. Unas grandes ojeras evidenciaban su debilidad física; gastaba más energía de la que proporcionaba a su cuerpo, pues la azarosa actividad restaba tiempo a la comida. Perdió peso de forma desmesurada, y una tos quejosa vino a acompañarlo en todas sus tareas. Aun así, Darío no se detuvo ni un solo instante. Durante la noche, incapaz de parar, encendía luces que engachaba con largos cables a la fuente de electricidad de su garaje. Ese sol artificial le permitía alumbrar sus desmesurados deseos.

Tal era la actividad en el jardín de su vecino que Adriana comenzó a preocuparse. Aquellas labores a deshoras y el pálido color del rostro de Darío —que pudo observar desde la linde de su casa— le hicieron darse cuenta de que algo no iba bien; por ello, decidió acercarse hasta la estancia con la idea de interesarse por lo que sucedía y ofrecer su ayuda, si esta fuera necesaria.

Al día siguiente, Adriana, pegó en la puerta de la casa, pero este no respondió; por ello dio la vuelta y se dirigió directamente hacia el jardín. Allí lo encontró cavando la tierra. Apenas eran las ocho de la mañana, pero cualquiera habría afirmado que Darío llevaba ya horas levantado —¡si es que se había llegado a acostar! — la tierra que ensuciaba sus manos y lo desaliñado de su apariencia lo delataban. Con cierto reparo se acercó hasta la verja para hacer llegar su voz. Darío levantó la cabeza, pero de su boca solo salió un gruñido. A pesar de ello, Adriana insistió en su pregunta.

—Veo, que lleva varios meses con la tarea de su jardín —dijo levantando la voz para ser oída— y me he fijado en que nadie ha venido a ayudarle. Quería saber si necesita algo; si es así aquí estoy. ¡Dígame en qué puedo serle útil!—dijo alzando aún más la voz.

—Grr…

Darío hizo caso omiso al ofrecimiento que le hacía su vecina. Él seguía sumergido en su nuevo delirio, provocado por la visión de una bella orquídea que había florecido al otro lado. Un ceño fruncido, y aquella especie de gruñido ininteligible, fueron lo único que Adriana obtuvo como respuesta, por lo que decidió marcharse del lugar. Pero no dejó de pensar en lo extraño del comportamiento de su vecino.

De nuevo Darío se quedaba solo en aquel jardín junto a sus desmesuradas pretensiones, pero lo único que alcanzaba a lograr era que aquellos colores vibrantes de antaño se desvanecieran. Ahora, era la vanidad la pintora de sus nuevos lienzos florales y la envidia el yugo al que sometía sus decisiones.

Aquella inconmensurable tarea seguía consumiéndolo, absorbiendo cada gota de vitalidad que le quedaba. El corazón de Darío, al igual que su jardín, se estaban quedando mustios; todo lo contrario sucedía con esa ansia suya, inconmensurable y destructiva, de desear y despreciar, a un tiempo, lo ajeno.

Afortunadamente Adriana no cejó en su intento de ayudar a Darío. Siguió convencida, de que aquella situación requería de acciones rápidas y certeras.

En esta desteñida habitación transcurren mis días. Un añejo reloj de pared marca ahora el ritmo de mis horas. Ya ha pasado casi un mes desde que entré en este lugar. Mi vecina dio la voz de alarma. No sé si agradecérselo o, por el contrario, apretar su garganta hasta que la lengua tenga el color de sus petunias.

El médico asegura que estoy un poco mejor. Me ha recomendado que acuda a la lectura. Entre mis manos tengo este libro de Manuel Vicent: *Balada de Caín*. Quizás debí de haberlo leído antes, me habría arrojado algo de luz sobre el daño que infligí a Elena, mi hermana. Después de todo, nunca conseguí que crecieran flores en ese umbral silente del jardín.

ISABEL ANA CABEZA GARCÍA

El umbral silente es un relato psicológico y simbólico, que explora las grietas invisibles del alma humana a través de la obsesión, la envidia, y la soledad.

Licenciada en psicopedagogía y maestra por devoción, he tenido mis contactos con la escritura desde muy joven.

Mis inicios fueron en la poesía, de ahí publiqué mi libro ***Caminando entre poemas***.

Poco a poco he ido formándome hasta asentarme en este género del relato corto. De donde han surgido dos antologías: con cuentistas ilusionados, ***Relatos*** y ***Quince lazos y un nudo***.

Romaisa Hamid Bouluad

LA HERENCIA DEL SILENCIO

El piso de la abuela Elvira en Benzú, olía a cerrado, a tiempo detenido en las fotos del mantel de hule y en las cortinas de encaje amarillentas por el sol. Alma había vuelto a Ceuta para cumplir con el deber triste de vaciarlo. Su abuela, la mujer que la crió mientras sus padres trabajaban en la península, se había apagado en silencio, llevándose consigo la memoria viva de la casa.

La tarea era desoladora. Cada objeto era un alfiler clavado en un recuerdo. Hasta que, en el fondo de un armario de ropa blanca que olía a naftalina, encontró la caja de latón. No tenía cerradura, solo un seguro oxidado. Dentro, sobre un terciopelo ajado, descansaba un colgante: no una joya, sino una llave antigua y pesada, de bronce, con la cabeza rematada en un nudo celta. Y debajo, una fotografía en blanco y negro de un hombre joven y desconocido, de pelo oscuro y sonrisa ancha, apoyado en la barandilla del muelle de Poniente. Al dorso, una caligrafía temblorosa: Para Elvira. Por si algún día te atreves. 1964.

La llave no encajaba en ninguna puerta del piso. La incógnita se instaló en Alma, un eco perturbador en la monotonía de su duelo. Decidió seguir el único hilo que tenía: la foto. Bajó al puerto, al mismo muelle, ahora modernizado, pero con la misma vista al Estrecho furioso. Preguntó en la Cofradía de Pescadores, mostrando la foto a hombres de rostros curtidos. Un veterano, con las manos surcadas de cicatrices y sal, la miró con curiosidad.

—Ese es Andrés… el Portugués. Se fue a hacer las Américas, hace ya una vida. Era un romántico. —El pescador se quedó un momento en silencio, observando la llave que Alma sostenía—. Eso… eso debe de ser de la casa del Monte. En el Hacho. Antes había algunas, medio abandonadas. Él decía que compraría una para tu abuela.

Alma pasó la tarde subiendo y bajando las cuestas del Monte Hacho, preguntando a los vecinos más ancianos por una casa que hubiera pertenecido a un «Portugués». Muchos no recordaban. Hasta que una mujer, regando las macetas de su patio, se quedó pensativa.

—Ah, sí… la casa del Mirador. La de la reja torcida. Lleva décadas cerrada. Los herederos nunca aparecieron.

La encontró al final de un callejón sin salida, semioculta por las buganvillas. Era una casa de una sola planta, con la pintura descascarada y las maderas podridas. Y allí, en la puerta de entrada, aún colgaba una cerradura antigua, oxidada y olvidada. Con el corazón latiéndole en la garganta, Alma introdujo la llave. Giró con un crujido áspero, como un hueso que volviera a articularse después de sesenta años.

El interior era una cápsula del tiempo sumida en el polvo. El aire era espeso, a polilla y madera vieja. No había muebles de valor, solo sombras de una vida que pudo ser y no fue. En el salón, sobre una repisa de ladrillo visto, encontró una caja de música. Cuando la abrió, un vals desgastado y desafinado llenó el silencio. Y bajo el mecanismo, una carta.

«Mi querida Elvira», decía la letra, firme y elegante. «Si estás leyendo esto, es que por fin te has atrevido. O que la vida, que todo lo puede, te ha traído hasta aquí. Compré esta casa con la ilusión de un loco. Soñé con llenarla de libros, de música y de ti. Soñé con ver el Estrecho a tu lado, no como una frontera, sino como nuestro mar. Pero tu padre tenía otros planes para su única hija, y mi orgullo no supo esperar. Me voy con el barco de mañana. No te pido que me esperes. Solo que, a veces, recuerdes que hubo un hombre que te quiso lo suficiente como para comprarle un futuro al viento».

No había fecha. Solo la firma: Andrés.

Alma salió de la casa, con la carta apretada contra el pecho. Se sentó en el muro del mirador, desde donde se veía la inmensidad azul del Estrecho. No había cartas de amor dramáticas ni promesas exageradas, solo la sencillez de un plan frustrado. Solo la verdad, dura y hermosa. La valentía de un hombre que amó y la prudencia de una mujer que eligió quedarse. El silencio de su abuela, que duró toda una vida, no era vacío. Estaba lleno de este amor, de este sueño que nunca se atrevió a vivir, pero que tampoco pudo olvidar.

Su herencia no eran los muebles ni el piso. Era esta historia. Esta llave. Este peso dulce y triste de un amor que definió una vida sin llegar a vivirse.

Alma no vendería la casa de Benzú. Tampoco tocaría la del Monte. Las dejaría ser, como su abuela había hecho: una, la vida real; la otra, el sueño posible. Se quedó allí, mirando cómo las luces de Almina empezaban a titilar en la distancia, comprendiendo que Ceuta no era solo una ciudad, sino el escenario de mil silencios como este, de amores que se fueron por mar y de vidas que se quedaron, talladas en la roca de la memoria, esperando a que alguien encontrara la llave para entenderlas.

ROMAISA HAMID BOULUAD

Este relato lo escribí pensando en cómo a veces nos frenamos nosotros mismos, preocupados por lo que dirán los demás. Si uno se para a pensarlo, son esas decisiones cotidianas las que, sin saberlo, acaban definiendo una vida entera.

Ricardo Díaz Fernández

LA VIEJA DEL BOSQUE

Llovía como no lo había hecho en años. Las gotas eran grandes y espesas. El campo desprendía un olor a tierra mojada que sólo el monte poseía. Una anciana recogía las prendas de ropa que había dejado secando fuera de su pequeña choza. Las había olvidado mientras preparaba la cena de su nieto. En la casa solo vivían ellos dos, y la vieja tenía que encargarse de la comida y el cuidado del niño, cuyos padres murieron cuando él solo tenía un par de meses de vida.

La anciana entró a la choza arrastrando los pies lentamente. Iba descalza, y la madera crujía a cada pequeño paso que daba. Un agradable y suave olor impregnaba el hogar. Portaba en su mano derecha una pequeña lámpara de aceite que dejó al lado del camastro del niño para que se consumiera mientras éste intentaba conciliar el sueño. Dejó reposar la ropa cerca del fuego que calentaba la cena. El leve crepitar de la leña era lo único audible en el estruendoso silencio de la noche.

—Abuela —dijo una suave voz— ¿me cuentas una de tus historias?

La anciana se acercó lentamente a su nieto y, sentándose con piernas cruzadas sobre el frío suelo, decidió cuál de sus cuentos narrarle.

—¿Quieres que te cuente una historia real?

El niño asintió enérgicamente con la cabeza, esbozando una tímida sonrisa.

—Esta es la historia de la vieja del bosque —susurró la anciana—. Explica cómo nunca hay que traicionar el honor de la familia, incluso en tiempos de desdicha. Allá vamos, no tengas miedo…

Hace muchos siglos, en un remoto reino, hubo una ola de hambre y miseria. La pobreza hizo que muchas familias tuvieran que recurrir a cosas inimaginables hasta entonces. Muchos se alimentaban de la carne de sus mascotas que, esqueléticas por la hambruna, apenas les servían de alimento por un par de días. Muchos otros comenzaron a robar y asesinar por el dinero y la poca comida que había en aquella época; y otros pocos decidieron que, manteniendo su honor, morirían de hambre antes que cometer cualquier barbaridad. Sin embargo, hubo una familia que no pensó así.

Aquella familia estaba formada por un marido y una mujer, y la madre anciana de ella. La mujer estaba embarazada e iba a traer a un pequeño niño a un mundo desdichado. El hombre estaba preocupado por la salud de su esposa y su futuro bebé, ya que no podían permitirse comer todos los días ni conseguir los alimentos necesarios para una mujer embarazada. El marido hablaba muchas veces con su mujer sobre cómo la anciana era ya un estorbo, pues al estar vieja no servía para trabajar. Bajo su mirada, aquella anciana no podía aportar nada de valor a la familia

La anciana, sin embargo, ayudaba tanto como podía en el hogar. Se encargaba de cuidar a su hija cuando el marido trabajaba en los campos, y limpiaba y mantenía la casa en orden. Pero, para el hombre, aquello no era suficiente. La anciana era una boca más que alimentar, y si les costaba conseguir comida para tres personas, una vez llegase el niño, en aquella casa nadie sería capaz de alimentarse lo suficiente como para sobrevivir. El hombre, debido a las circunstancias, se vio obligado a tomar una decisión que navegaba en su cabeza constantemente. Aquel marido, con el beneplácito de su mujer, decidió expulsar a la anciana de su hogar. Fue abandonada. Ni el hombre ni su propia hija se preocuparon del paradero de la vieja. No sabían dónde estaba ni de qué se alimentaba. Ni siquiera sabían si seguía con vida, pero creían que tendrían mejor suerte a partir de aquel día, por lo que prefirieron olvidar a la anciana.

La mujer vagó durante días que parecían no tener fin. Consiguió encontrar pequeños animales muertos y frutos en bosques y campos. Cada día, en la mañana, retomaba su caminar y no paraba hasta que la luna alcanzaba su punto más alto. Su objetivo era buscar un refugio en el que pasar las frías noches, pues la humedad ya iba calando en sus viejos huesos. Su rencor, poco a poco, fue aumentando, y cuando consiguió encontrar una pequeña guarida en un recóndito bosque, su corazón solo albergaba odio hacia su hija y aquel hombre que la echó de su propia casa.

Arregló el refugio, que resultó ser una pequeña choza abandonada. La limpió tanto como pudo y la ordenó para hacer su estancia más llevadera. Se alimentaba de pequeños animales muertos y de los insectos y frutos que iba encontrando por los alrededores de su nuevo hogar. Comía una sola vez al día, y pasaba el resto del tiempo pensando cómo iba a vengarse por la traición y la deshonra que había sufrido a manos del marido de su hija. Hasta que recordó una antigua leyenda que contaba su abuela. Según decía este mito, cualquier persona cuyo rencor fuese mayor al amor y perdón que existían en su corazón podía invocar a un demonio que le otorgaría el poder suficiente para llevar a cabo su venganza, pero todo regalo de un ser infernal venía con un precio que debía pagar, y una vez invocado no había vuelta atrás.

Llegó la noche y, siguiendo el ritual que recordaba de su difunta abuela, la anciana invocó a un demonio.

—Mi nombre ha sido pronunciado —respondió una grave voz.

Ante la anciana se presentó la criatura de la que venía aquella voz. Era un ser de gran altura, con la cara de un ogro y dos cuernos saliendo de su frente. Tenía la boca abierta, haciendo alarde de sus afilados dientes, presagio de lo que esperaba a la anciana si no aceptaba el trato que el demonio tenía para ella.

—He sido invocado y mi oferta debe ser aceptada —dijo aquella voz que no parecía provenir de su boca.

—Así es —agachó la cabeza—. Mi corazón alberga más odio y rencor que amor y perdón, y deseo vengarme de quien ha provocado la oscuridad en mí.

—Tu venganza te será concedida —sentenció el demonio—. Te ofrezco la súplica de quien te traicionó, que vendrá rogando perdón, y tú le presentarás tu hospitalidad —la anciana miró contrariada al demonio, pero los ojos sin alma de éste se clavaron en su mirada—. Siento tu hambre como si fuera mía…

La voz del demonio hizo estremecer a la vieja. La criatura infernal hizo una pausa. La anciana notaba cómo su corazón palpitaba, ensordeciendo sus oídos.

—Les ofrecerás tu perdón, pero para ello tendrán que darte alimento.

La anciana podía ver cómo la boca del demonio no se movía, y sin embargo su voz resonaba alrededor de la habitación, proveniente de otra dimensión. Una risa sibilina y siseante retumbó en los oídos de aquella mujer, que seguía arrodillada frente a la aparición

—¿Hay un recién nacido involucrado? —preguntó el demonio, y la anciana asintió. Por primera vez, la boca del ser se movió para esbozar una sonrisa macabra—. Anunciarás sus dos opciones. La primera opción es que ellos sean tu alimento, la segunda es que su hijo recién nacido pase a ocupar su lugar.

—Pero yo quiero venganza contra ellos. La criatura es inocente. No tiene culpa de mi destino —balbuceó la anciana, temerosa de contrariar al demonio con sus palabras.

—Si aceptan su destino, te los comerás —la mirada del demonio seguía unida a la de la anciana—. Si deciden ofrecer a su hijo como alimento, mantendrás al niño bajo tu cuidado y te alimentarás de ellos como respuesta a su falta de honor. En ambos casos, tu venganza será exitosa y tu hambre saciada.

—¿Cuál es el precio a pagar? —preguntó la anciana, impaciente.

Aquella criatura rió suavemente. La anciana notó su vello erizarse a lo largo de su cuerpo.

—El precio a pagar será tu vida —afirmó—. No morirás, y si quieres que tu alma siga contigo, deberás realizar este sacrificio cada veinte años. Viajeros extraviados llegarán a tu hogar, y tú les ofrecerás el mismo trato que a tus traidores. Sea como sea, deberás criar al niño por veinte años hasta que una familia nueva llegue y su hijo sustituya al anterior, que tendrá una vida tranquila y normal.

La anciana quedó en silencio, y tras pensarlo por unos segundos, contestó al demonio.

—Acepto.

El tiempo pasó, pero la anciana no perdía la paciencia. Su sed de venganza iba aumentando a niveles descontrolados, haciendo que solo pudiese pensar en el momento en el que los vería de nuevo. Dos meses después, tal y como dijo aquella criatura, la antigua familia de la anciana apareció en la puerta de la pequeña casa. Habían huido de la ciudad y de su hogar, que era consumido por la pobreza, y buscaban un refugio en el que habitar. Llamaron a la puerta y la anciana, impaciente, los recibió.

—¡Madre! —exclamó la hija, que se lanzó emocionada a los brazos de la anciana.

—Bienvenidos. Pasad. Adelante —la anciana los invitó a entrar, y estos aceptaron.

Los tres estaban sentados en el suelo, frente a frente, mientras que el niño reposaba dormido sobre una gorda capa de piel que la anciana tenía guardada. La anciana estaba ansiosa. Ya tenía decidido cómo ejecutar su cometido.

—Anciana —dijo el hombre, interrumpiendo sus pensamientos—. Queremos que nos perdone. Nos vimos asustados, en una situación difícil, y actuamos de manera egoísta.

—Perdónenos, madre, por haberla deshonrado y repudiado de tal manera.

La anciana rió, mientras que sus ojos y su boca tomaban una expresión que hizo que ambos traidores se levantasen asustados.

—Tendréis mi perdón sólo si me recompensáis antes.

—S-sí —el marido asintió, nervioso—. ¿Cómo la podemos recompensar?

—Estos meses he sobrevivido a base de insectos y carne putrefacta. He pasado hambre y ahora exijo lo que se me negó por vuestra parte. Quiero alimentarme.

—Pero madre... —intervino la hija—. No tenemos ningún alimento.

La anciana volvió a reír y, levantándose, se acercó a ellos. Sus rostros estaban separados por escasos centímetros.

—Tenéis dos opciones —afirmó—. Podéis ganar mi perdón y vuestra honra de vuelta. Sólo tenéis que ser mi alimento. La segunda opción es que me entreguéis comida a vuestro hijo como comida. Mi nieto.

—¿A Kintaro? —preguntó la madre, llevando su mirada a donde reposaba su hijo.

Ambos estaban horrorizados, pero el marido fue rápido y, decidido, contestó.

—Le entregamos a nuestro hijo, anciana.

La madre comenzó a llorar, pero no ofreció resistencia ante la idea de su marido. La anciana comenzó a reír enérgicamente, y en su mirada mostraba la ira que la consumía.

—¡Igual que me traicionasteis a mí, ahora traicionáis a vuestro hijo! —exclamó la anciana—. ¡Moriréis sin honor!

Con un movimiento rápido de muñeca, llevó una afilada hoja desde sus desgastados ropajes hasta el cuello de su hija, a la que degolló. La cara del marido quedó cubierta por la líquida sangre de su esposa, que murió instantáneamente. Cegado por la sangre en los ojos, el hombre intentó huir, pero la anciana clavó la hoja repetidamente en su espalda, dejándolo inmóvil sobre el suelo.

El hombre podía ver con claridad todo lo que ocurría, y presenció cómo la anciana devoró ferozmente el cadáver de su propia hija. Se comió cada centímetro de carne y cada hueso que tenía el cuerpo.

La sangre empapaba sus ropajes, y su pelo platino estaba

teñido de un color carmesí. Lentamente, se acercó sonriendo al inmóvil viudo.

—Llegó tu turno —susurró.

Haciéndolo sufrir, aún vivo, arrancó y engulló cada parte del cuerpo de aquel hombre. Dedo por dedo y hueso por hueso, el cuerpo desapareció completamente entre los dientes de la vieja, y la sed de venganza de la anciana dormiría por veinte años más.

Se limpió las manos en su ropa manchada y se acercó a la capa de piel donde descansaba el niño. Lo cogió en brazos y, acariciando su cara, sonrió.

—Hola, Kintaro —dijo con sangre aún en la boca—. Soy tu abuela, Yamamba.

La abuela, tras finalizar el relato, acarició el pelo de su nieto, que descansaba sobre una gran capa de piel.

—Descansa, mi niño —dijo la vieja al terminar el cuento.

—Abuela... —susurró el niño—. ¿Aquel niño se llamaba como yo?

—Sí —sonrió la abuela—. Nunca me había dado cuenta de que compartís el mismo nombre.

Volvió a acariciar a su nieto. Todavía le quedaban trece años junto a él, hasta que una nueva familia llamase a su puerta.

—Ahora debes dormir —dijo, besando la frente del niño.

RICARDO DÍAZ FERNÁNDEZ

Mis obras recogen inspiración de numerosas culturas, tendencia reforzada por mis estudios en turismo e historia del arte.

La vieja del bosque es una reimaginación de la leyenda japonesa de Yamamba, un espíritu representativo del abandono de los ancianos por parte de sus familias.

He considerado esta convocatoria una oportunidad inigualable tanto para exhibir una cultura distinta como para criticar un acto por desgracia común en nuestra sociedad: el abandono de personas, en sentido literal o figurado, cuando dejan de tener un propósito inmediato y/o aparente.

Ignacio González Prieto

MAR ABIERTO

Se había cansado de las palabras. Evitaba de todas las maneras posibles tener que pronunciarlas en voz alta. Rehuía de pleno el contacto social incluso con las tres o cuatro personas que todavía le soportaban y, también y de antemano, con la mayoría de quienes hallase en su camino. Esta repulsión no constituía ninguna clase de respuesta o venganza pueril por tantos años de ingratitud recibida a cambio de dedicación y de amor, amistad o sabiduría… si bien muchísimos de sus pasados interlocutores no habían sido más que seres utilitaristas que fingían escucharle sin disimular un inmenso desinterés, y que jamás iniciaban con él una interacción sincera – más bien desprovista del más mínimo afecto –, si no era para aprovecharse de algún aspecto de su persona.

Se sentía desencantado al observar que la mayoría de la gente muestra estar más interesada en hablar que en escuchar, multiplicando en su mente la relevancia del mensaje que pretende transmitir, aunque éste no sea más que un conjunto de morralla mental, regurgitaciones de ave carroñera, o insustancialidades y bulos diversos, podridos más que manidos y, que sin embargo, parecían conectar – espiritualmente al menos– con muchos individuos iguales a ellos. La gente se lanzaba a parlotear indiscriminadamente, buscando la atención inmediata y adocenada, sin intención de establecer un diálogo real o una discusión de la más mínima calidad intelectual o humana.

Años de sufrir la estupidez y la petulancia ajenas le habían ido conformando una personalidad esquinada y, gracias a ese ángulo de visión, por ende profundamente observadora. Mas a pesar de lo que pudiera parecer, no sentía en absoluto resquemor o envidia hacia quienes le habían despreciado vivamente y tratado con tanta desconsideración. Su vida y su alma estaban plenas… y no solo de cosas, objetos aparentemente insignificantes que consideraba maravillosos, que le traían al presente vivencias y personas a las que amaba o que un día había amado. Como en el Síndrome de Diógenes, en el que se acumulan cachivaches a todas luces ya inservibles, él de algún modo «atesoraba» incluso la intangible memoria de aquellas personas que en realidad nunca le habían amado, puesto que, cuando se ama de verdad, se ama para siempre. Al menos ésa era su máxima y su principio de vida. Por lo tanto, era incapaz de deshacerse en su cerebro sentimental hasta de datos tan inútiles como fechas de cumpleaños, números de teléfono, o aquellas entradas de cine completamente descoloridas de cuando fue por vez primera a ver Desayuno Con Diamantes en el Cineclub de la Universidad con alguien a quien amaba desde lo más hondo de su corazón.

Así, su resquebrajada e impredecible memoria vagaba por entre una nebulosa infinita de amor que constantemente resucitaba recuerdos de las personas con las que fueron vividos. Del mismo fuego brotaban las cenizas del olvido, y al cabo volvía a nacer otro fuego de juventud, reavivado por cualquier otro estímulo –muchas veces una vieja canción sonando en la radio – que le hacía mirar al infinito y sonreír. Así y todo, cada oleada de recuerdos únicamente permanecía vivaz mientras no llegaba alguna otra oleada, ya fuese de olvido o de realidad. Su alma se encapsulaba en divagaciones transitorias y perennes mientras en sí mismas duraban, como la cerillera del cuento de Andersen, si bien sus esperanzas nunca llegaban a morir congeladas, tal vez salvadas in extremis al cruzarse con la sonrisa de un desconocido, por el silbido feliz de un transeúnte, o tal vez con los últimos rayos del sol frente a la eterna pero siempre cambiante orilla del mar.

A pesar de que cotidianamente naufragaba entre palabras que permanecían varadas en su playa, cada vez las odiaba más.

Principalmente al observar el infinito desprecio con el que la masa amorfa de la multitud hacía uso y abuso de ellas, o por la cantidad de veces en las que presuntos eruditos inflaban sus hueros discursos con las más rimbombantes pero vacuas promesas. Las palabras que consideraba más desperdiciadas eran todas esas promesas –pronunciadas en todas las lenguas del presente y del pasado, en todos los tiempos del universo– que se lanzaban al aire, ora de modo estentóreo, ora susurradas al oído, ante auditorios repletos de público o en el entorno más íntimo, pero sabiendo de antemano que no existía intención alguna de cumplirlas.

Especialmente crueles eran las promesas vanas de amor. Esas eufemísticamente mal llamadas mentiras «piadosas» no eran más que puñales revestidos de oropel, que nublaban momentáneamente el raciocinio, elevando a seres incautos y crédulos a las torres más altas de castillos cimentados en las nubes. Dichos castillos resistían un tiempo indeterminado los embates de la realidad, más bien por la voluntad de sus ilusos moradores que por la dudosa solidez de juramentos formulados a la ligera.

No es que fuera un descreído, pero la vida le había puesto en incontables ocasiones tan a prueba, que en un momento impreciso dejó de creer en los discursos hinchados y efervescentes, basando su fe en las personas de su propio entorno espiritual, fuentes de contrastada veracidad. Especialmente le molestaba –casi le hería, aunque no fuese contra su persona– toda esa cháchara que se producía en los entornos laborales, en grupos de amistades o compañeros –en realidad, en cualquier lugar donde hubiese dos o tres personas dispuestas a tijeretear la espalda del prójimo–, donde se hablaba sin ton ni son, o con la clara intención de murmurar o difamar a alguien ausente. Uno estaba expuesto a todas esas conversaciones en los entornos más insospechados y aparentemente inofensivos, por eso siempre se mantenía alerta para huir lo más lejos posible de toda esa vorágine de perversidad disfrazada de presunta «buena gente».

Se sumergía –en realidad se abandonaba por entero durante aquellas infinitas horas a la lectura o la escritura de historias que acaso nunca leería nadie–, en ríos de palabras sin destinatario, incluso él mismo, y en la literatura contenida en cualesquiera de los innumerables volúmenes que atestaban su biblioteca esperando que sus hojas recibiesen la luz de sus ojos. Esto le alimentaba tanto o más que una buena conversación. Necesitaba desesperadamente creer que existían otras muchas buenas personas que, en la soledad de su existencia entre centenares de otras personas, también amaban profundamente las palabras del mismo modo que él las amaba. Jamás se sentía solo aunque no pudiera obtener la respuesta inmediata de ese diálogo invisible que se establece entre almas afines en el silencio, la lejanía y el encuentro producido al plasmar ideas sobre un papel o el fondo blanco de una pantalla de computadora, y gozaba sobremanera al leer aquellas vertidas por otros en libros y publicaciones halladas acaso por azar, en una llegada irregular pero constante a su remota isla de náufrago. Es por todo ello, por ese amor recubierto de dolor y amargura, que seguía enviando inciertos manuscritos dentro de botellas de vidrio, soñando y deseando que hubiera paseantes en otra orilla, ya fuese cercana o remota, que estuviesen deseando hallar sus amadas y odiadas palabras, para sentirlas, cuestionarlas, quererlas… en definitiva, para mantenerlas vivas en una hoguera visible mucho más allá del infinito horizonte.

GASPAR GUELA

Gaspar Guela[*]

Gaspar Guela dibuja caminos y vierte ríos de palabras por los que llega e invita a llegar con él a universos que merece la pena visitar. Ha tenido y tiene muchos nombres, según qué piedras preciosas extraiga del extenso joyero de ricos términos y vocablos para lucir como un pavo real. Algunas de sus historias han logrado traspasar la barrera de lo inédito, alcanzando fronteras más allá del límite de la punta de sus dedos, entre otras historias y otros cuentos y relatos. Son joyas para disfrutar descubriéndolas.

De tanto en tanto maestro de ceremonias y jurado de certámenes y concursos literarios para amantes del arte y la literatura, principalmente de microrrelatos e historias mínimas, que no pequeñas. No siente mayor placer que el de poder promover y estimular la creación literaria y artística, como un modesto mecenas de talentos ocultos que a su calor germinan, y que alienta y riega desde su pequeño pero infinito jardín de letras.

---

* GASPAR GUELA es un alias del autor, Ignacio González Prieto.

Teresa Delgado Martín

NOCHES DE INSOMNIO Y MARIPOSAS

Una vez más siento un cansancio inexplicable. Nunca he dormido bien, cualquier ruido me sobresalta y despierta. Comparto una extraña conexión con todos los románticos escritores que se regocijan en sus noches de vigilia. Ilusos, se creen protegidos en esa suerte de limbo entre la vida y el sueño, un hábitat donde nadie puede molestarles ni advertirles de que ese estado no confiere superioridad espiritual, sino una pobre conexión con la propia carne, de la que se creen un ente separado.

Durante estas noches aquellos que nos creemos especiales, vemos revolotear mariposas de destellantes formas y colores; creemos que se nos presenta la próxima gran idea de la historia, que estamos más cerca de alcanzar aquello que nos falta en la rutina: ese «por qué» más grande, ese centro de realidad permanente. Atrapamos entre dos páginas en blanco alguna mariposa que tenga la suerte de volar sobre nuestra cabeza en el momento preciso, solo para despertarnos la mañana siguiente y ver los inertes restos de esta idea como poco más que garabatos sin sentido.

Luego nos levantamos sin saber por qué, nos acicalamos y tratamos de sacudir la melancolía que se posa por la noche en la piel de la gente que piensa demasiado y ni siquiera recuerda qué. Salimos por la puerta y volvemos al mundo mortal, disimulando cualquier ápice de torpeza o peculiaridad.

Hoy sin embargo, anhelo esta imagen de mañana tranquila y normal como un piojo la sangre de un niño. Las mariposas esta noche comienzan a brillar con una luz parpadeante y punzante, la luz de una estrella muerta que llega demasiado tarde pero es tan real como un grito.

No pudiendo soportar la terrible migraña que parece no hacer más que aumentar, me decido a buscar alguna farmacia de guardia pese al frío y el cansancio. Parece que el punzante dolor de mi ojo derecho me da tirones al ritmo de un pulso que decide traicionarme de vez en cuando en estos insoportables episodios.

Me pongo el abrigo más gordo que encuentro y llego al portal. La ciudad parece tener una luz especialmente hostil esta noche, azulada y bañada por una niebla blanca y densa.

Me noto el cuerpo sedado y pesado. La primera bocanada de aire helado me activa un poco y me alivia. No he mirado el reloj antes de salir pero parece la hora más profunda de la noche, el estado original del universo.

Echo a andar.

Al principio, no veo a nadie, pero poco a poco, comienzo a ver figuras lejanas que se mueven a paso lento y constante, como los latidos de un anciano. Me pregunto a dónde se dirigirán. Ninguna repara en mí. Hoy siento la ciudad tan distinta…

Sigo andando y me doy cuenta de que cuanto más camino, más tranquilo me siento. Llego a la farmacia de guardia, pero no hay nadie. Un número de teléfono cuelga en la puerta. Llamo, dejo sonar unos segundos pero cuelgo pronto. Noto aún la cabeza cargada pero decido continuar con el paseo. Caigo en la cuenta de que cada vez más personas parecen caminar hacia mi aleatorio destino. Las siento cada vez más cerca. Me inquieto un poco pero a la vez me siento acompañado y eso me hace ir llenándome de felicidad.

No sé muy bien cómo continúo hasta el río. Me parece que los reflejos luminosos de la ciudad en el agua aletean como mariposas y me imagino que son las ideas de todos los que estamos despiertos en este momento. Me acerco a la orilla y paso la mano por el agua helada. Siento una paz inexplicable. El viento parece susurrarme esa respuesta que había estado buscando. Cerca de mí, una familia que acaba de llegar me observa sin disimulo, pero no me parece extraño. No me fijo en cuántos son ni en lo que llevan puesto. No me parece relevante. Para mi sorpresa se agachan y comienzan a beber agua como animalillos.

Me suena el móvil. Lo cojo.

—Hola, buenas noches, ¿ha llamado a la farmacia de guardia? Estaba buscando las llaves…

Algo cambia. Noto como si alguien me mirara. Elevo la vista y aprecio que la familia me observa fijamente. Me parece escuchar una especie de gruñido recorrerme el cuello, pero es imposible. Súbitamente, el dolor de cabeza regresa y no consigo distinguir exactamente la altura ni las formas de estas personas. Solo puedo centrarme en sus ojos brillantes, que parecen emitir luz propia. Me quedo paralizado y tengo una extraña intuición de peligro. Parpadeo un segundo y me viene la imagen de un cervatillo iluminado corriendo hacia unos matorrales en la noche. A veces imagino flores o fuegos artificiales de colores cuando intento dormir, pero esta imagen parecía proceder de otro lugar. Supongo que siempre he sido un animal de los que son cazados.

La llamada se cuelga, probablemente porque no

respondo. De repente, delante de mí, veo varias figuras muy altas. No me había dado cuenta de cuándo se habían acercado. Miro a los brillantes ojos de una de las figuras, que caen a la altura de mis ojos; parecen dos faros de coche y todo lo demás lo siento tan oscuro. Siento que me examina las pupilas como un doctor con una linterna y temo desmayarme del palpitante dolor. ¿Les ha ofendido que conecte con la realidad de nuevo?

Tengo mucho miedo.

De repente comprendo que son ellas. Las mismas ideas que visito cada noche. Un pequeño yo que en todos mis recuerdos estaba dormido, se despierta y pega un grito agudo al recordar. El resto de mí se relaja por fin.

—¿Por qué nunca puedo recordaros?

—Tienes que dejar de perseguirnos. De niño siempre jugabas con nosotras a la luz del día.

Cada vez siento que me puedo mover menos y comienzo a notar un cosquilleo en la punta de mis dedos.

Se va enfriando cada parte de mi cuerpo de abajo a arriba según me voy adentrando al agua, hasta que me abraza completamente y me parece escuchar un beso perfecto entre la superficie del agua y las burbujas del aire que viaja desde mi boca a reunirse con los reflejos brillantes del manto que cubre el río. La niebla sella el pacto que he comprendido esta noche y sé que cuando despierte no entenderé lo que ahora parece tan claro.

Teresa Delgado Martín

Soy Teresa Delgado Martín, me encanta leer.

El relato tiene un tono irónico sobre los románticos autodestructivos.

Trata sobre muchas cosas, principalmente sobre el proceso creativo.

Francisca Serrano Escamilla

NUESTRO VIAJE POR EL TIEMPO

Nuestro viaje por el tiempo comienza cuando nacemos ya hemos hecho uso de nuestro billete para empezar nuestra gran aventura del viaje por el mismo, a la vida llegamos con nuestro cuerpo al descubierto, mientras nuestra alma observa callada y embelesada en lo más profundo de nuestra mirada que se recubre de lluvia dejada por las lagrimas que se escapan y que envuelven ese ruido de fondo y tosco del llanto que acompaña para decir que hemos llegado y llamar la atención al tiempo y por el cual ya somos presos del mismo.

Nuestro viaje por el tiempo cuando somos pequeños se ve todo muy grande pero al paso del mismo todo a nuestro alrededor se vuelve más pequeño, los días se agrandan las fuerzas se pierden, el genio te aumenta las enfermedades llaman a la puerta, los sueños se pierden, a las noches se le suma la oscuridad y las horas pasan muy lentas la cual da paso a los despertares nocturnos totalmente vacíos y desvela a nuestros anhelados sueños, y los días se nos hacen eternos.

Nuestro viaje por el tiempo solo tiene una sola marcha hacia adelante el no se detiene y no existe la marcha atrás, en nuestro viaje aguantamos curvas, desniveles, fenazos y paradas, o lo que es lo mismo desafíos, fantasías, esperas y despedidas pero sin pausa, el tiempo es como una neblina suave y silenciosa que no deja huella ella se envuelve y esconde a los segundos, los minutos ocultan y las horas las desvanecen, la vida es tiempo y ni el tiempo vuelve ni nuestra vida se repite.

76

Nuestro viaje por el tiempo es como un gran rompecabezas que cada pieza encaja en cada día y en cada momento y lugar, o como un maratón en el cual hay que saber disfrutar de cada etapa sin importar en que puesto llegar, nuestros mayores tesoros son los recuerdos ya sean tristes o alegres, mas no malgastemos horas vacías pues cada segundo es un regalo que nos da la vida, pensamos que el tiempo podemos sujetar y el cual tenemos a manos llenas mas se nos escapa sin avisar.

Nuestro viaje por el tiempo es igual al humo corto y sin huella que se disipa y aflora, y se apodera cada vez más de los sitios vacios a los que se sientan contigo a la mesa, la soledad hace mella en tu sala, tu casa se hace eterna, tus recuerdos merman y hasta el humor cambia, el paso del tiempo a todos afecta y sin demora, todos somos preso por igual del mismo.

Nuestro viaje por el tiempo en el cual caminamos juntos y debemos saborearlo como un buen vino sorbo a sorbo pues si darnos cuenta se nos esfuma como los granos de arena entre nuestros dedos, con el paso del mismo cambiamos el valor de las cosas, los dientes se nos aflojan, nuestro pelo se despinta, nuestras arrugas se marcan más profundas, los huesos y músculos enflaquecen, y el amor verdadero pasa de la pasión a maduro y profundo.

Nuestro viaje por el tiempo aprendemos y a entender muchas cosas una de ellas es que no se puede comprar ni guardarlo, nuestra vida se derrama cada segundo, y siempre decimos después, o mañana, es lo único que no podemos recuperar y con ello nuestro viaje por él, siempre nos engañamos a nosotros mismos con una frase hecha tenemos tiempo, pero no es cierto ya mientras lo decimos lo estamos perdiendo y nos asusta saber que no podremos volver a recuperarlo, la pereza nos impide tomarnos en serio el tiempo el no tener prisa, urgencia posponemos nuestra vida y con ello a vivir nuestro tiempo, a pesar del ruido del mundo hay que escuchar el tic tac del nuestro reloj interior.

Nuestro viaje por el tiempo los años pesa, y pisan sin prisa la parca, solo mi cuerpo el tiempo me prepara para mi marcha con mi último billete en blanco sin hora ni segundo marcado en el llego a su fin y mi marcha será igual que mi llegada sin llevar nada solo los recuerdos en el tiempo, y el haber disfrutado de todas las cosas cotidianas y sencillas e importantes que la vida nos da, sé que me dará un final prefecto pues mi alma vuela se escapa entre los surcos del tiempo por ella una se marcha en silencio, para que el tiempo no la dañe no la escuche es compañera y confía en el tiempo.

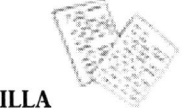

FRANCISCA SERRANO ESCAMILLA

Hola.

Soy una persona bastante inquieta y tenaz.

También soy muy constante en todos mis proyectos, en especial mis dos grandes aficiones, la escritura y el dibujo.

En mi pequeño relato he intentado reflejar, despertar, lo importante que es el tiempo en nuestra vida, la cual debemos vivirla sin premura pero a la vez sin pausa.

¡Es tanto lo que hay en ella y tan poco el tiempo!

Aprendamos a vivir la vida y recibirla cada día con una sonrisa.

Mayda Daoud Abdelkader

NÚMERO 24.911

El ocaso se anunciaba con el canto del imam en la mezquita de Bab Sebta. Mennana, con la sensación de angustia que le invadía el pecho desde hacía horas, necesitaba saber el motivo por el que su hijo Yusef tardaba en llegar. Llevaba todo el día fuera de casa, desde la discusión que mantuvieron durante el desayuno, abordando el mismo tema de siempre: pasar a Ceuta.

Ella se negaba en rotundo, explicándole una y otra vez a su hijo que desde donde está es donde debe buscarse un porvenir, seguir sus estudios y dejarse de pajaritos en la cabeza y de consejos absurdos.

—El «otro lado» no es como te lo pintan. Está lleno de rechazo y odio al diferente, a los muchachos como tú solo les espera frío, vicios y desprecio. Además, hijo mío, el *ghorba* se hace eterna —apela, cada vez que su hijo le intenta convencer de la decisión que le ronda la cabeza en más de una ocasión.

—Me siento impotente, a *yemma*. Quiero que salgamos de esta pobreza y de esta incertidumbre. ¡Mira cómo tienes las manos! —le agarra las manos a su madre— no puedes seguir pasándolo tan mal para la miseria que te dan, a yemma. Somos bastantes en casa y a baba casi nunca se le ve en casa, no sabemos qué hace con su vida, pero lo que sí tengo claro es que lo que no quiere es pasar tiempo ni contigo ni con sus hijos, mucho menos le importará si comemos hoy o no —solloza entre la ira y la tristeza, mirando fijamente a los ojos de su madre.

Ella, sin articular palabra y sin retirarle la mirada, llorando en silencio bajo un dolor indescriptible, producto de la impotencia por no poder convencer a Yusef de esa peligrosa idea, se sienta en la silla. Se siente culpable por la vida que sus hijos e hijas están viviendo, llena de carencias y miserias. Alza su mirada al techo, lleno de grietas y humedades. Observa a sus hijas, sentadas en la habitación colindante con el salón de su casa, frustrada por no poder darles una mejor ropa, un hogar en condiciones y garantizarles un futuro en el que sean todo lo que quieran ser, sin depender de nadie. Sin recurrir al matrimonio para sobrevivir. Llora desconsolada y en silencio, cubriendo su cara con el pañuelo que cubre su cabeza para que nadie se percate, pero su hijo Yusef sigue de pie, mirando a su madre, con las ideas fijas y cuya motivación es la de salir de la miseria, para ofrecerle la vida que su madre merece, después de tantos años de sufrimiento.

Recuerda como, él siendo aún muy pequeño, en brazos de su hermana Aicha, su madre llegaba a la explanada que se encontraba cerca de la frontera, con enormes bultos en su espalda, tras cargarlos desde el polígono industrial ubicado en Ceuta. Cada día, Mennana hacía unos tres viajes. Tras el cierre de la frontera y pasado el año de la pandemia, Mennana se puso a limpiar casas a las afueras de Castillejos en la época estival y a limpiar cocinas de restaurantes los días restantes. Además, se dedicaba también a realizar arreglos de costura, pero era algo inestable, por lo que dejaba esa puerta abierta y seguía con las otras tareas. El o los sueldos, por llamarlos de alguna manera, eran una auténtica miseria, pero hacía malabares para sufragar todo lo que surgía en el día a día. Eso sí, iban ahogados siempre. Son nueve bocas que alimentar en una casa. El médico, los transportes, la compra, el agua, la luz, la ropa… Bueno, la ropa era por lo menos de tercer o cuarto uso. Estaba siempre pendiente de donaciones que les hicieran allegados y familia lejana.

Cierra sus manos en un puño, con los brazos hacia abajo acercándose a su madre para darle un beso en la frente mientras le susurra que saldrá a dar una vuelta.

—No tardaré, yemma.

—Querido mío, recuerda que sólo tienes 17 años, te queda toda una vida por delante, verás que todo cambiará a mejor. Ya verás.

—Si la vida que me toca vivir es la de quedarme esperando una ilusión, prefiero morir— le responde, saliendo de casa.

—Yemma, seguro que éste se ha quedado entretenido jugando a la PlayStation en el garaje de Hafez— grita desde la cocina su hija Sara.

—No, hija mía, no. Estoy sintiendo un fuerte dolor en el pecho. No contesta al WhatsApp y lleva sin conectarse desde las diez de esta mañana. Verás tú que lo ha hecho —le responde a su hija, con voz entrecortada.

Los nervios aumentan y le hacen no parar quieta en casa.

—¿Qué ha hecho qué, yemma? —pregunta la hija sin tener idea del tema. Su madre no le contesta.

La noche llegó.

Pasaron las horas, largas y dolorosas. Por teléfono contactaron con algunos amigos y personas que guardaban relación con Yusef. No decían nada, cada uno decía una cosa. Cuando llamaron a Mustafa, el mejor amigo de su hijo, éste al principio no le cogía las llamadas, pero, transcurridas unas horas y tras hablar con Hafez, quien le alertó del estado en el que se encontraba Mennana, le devolvió la llamada, pidiéndole disculpas con antelación por no contestarle en el momento y prolongar la conversación.

—Verás, *Jalto*… Tu hijo decidió, junto con otro grupo de chicos, cruzar la frontera de España a nado, aprovechando el día nublado. Me dejó su teléfono antes de irse y me pidió que, por favor, por lo que más quería en el mundo, no decirte nada. Él, en cuanto llegue a Ceuta, se pondrá en cont...

No pudo terminar la oración porque comenzó a escuchar sollozos y gritos desde el teléfono.

Mennana salió de casa directa a la casa de Mustafa, quien le esperaba en la parte principal de la urbanización donde vivía.

—¿Pero tú eres necio? ¿Tú te llamas amigo cuando dejas al pobre niño que se marche directo a la muerte? —le grita en mitad del silencio de la noche, despertando a algún vecino que otro.

—Allah, por favor, que no le haya pasado nada. Y a ti, desgraciado, jamás te perdonaré. ¿No has visto que hoy el mar se veía desde lejos desafiante, con unas olas que daban miedo? ¿No tenéis ojos en la cara? ¿No tenéis corazón? —grita desconsolada, mientras sus hijas la sujetan.

—Jalto, entiendo tu dolor y lo siento muchísimo, no sé qué decirte en este momento. Solo que lo veía tan convencido y motivado que era imposible decirle otra cosa. Estuve hablando con él desde hace días, intentando convencerle de ir, al finalizar el bachillerato, a estudiar los dos juntos en la Universidad de Martil mientras lo compaginamos con el trabajo en el taller de mecánica de mi primo. Pero él no lo veía. Él no quería vivir eso, sentía que se moría si declina la idea de migrar —contestó el joven.

—Pero ¡si puede morir al intentarlo —exclama entre sollozos Mennana.

Se hace el silencio. Sin decir adiós, marcha dirección el mar, pidiéndole a sus hijas que vuelvan a casa.

Amanece. Le queda poca batería al móvil, por lo que se levanta de la arena para subir a casa y tener el teléfono disponible para la tan ansiada llamada.

—Este se va a enterar. En cuanto llame, le diré que no le volveré a hablar más, por contradecirme, por no hacerme caso. Mal hijo... pero es que me lo tengo merecido. Qué desgraciada eres, Mennana, que ni tus hijos te hacen caso —murmura para sí misma.

Pasan las horas, los días. Ella no se desprendía de las fotos de Youssef, rezando por él.

Dos semanas sin saber nada de su hijo. Nadie hablaba en la casa.

Un mes después, tanto la ciudad como en la Frontera estaba al tanto de la desaparición de Yusef. Mientras tanto, llegaban noticias de los chicos que aquel día cruzaron la frontera a nado. Mennana llevaba varios días sin comer ni dormir. Estaba sentada en la silla donde aquel día se despidió su hijo con la mirada fija en la televisión, que no anunciaba nada nuevo, pero le mantenía la mente en blanco.

—Musa y Bakr ya están instalados en menores, su madre me lo ha comentado esta mañana —comenta Aicha mientras pelaba garbanzos junto a su hermana Sara.

—¿Pero...tú estás tonta? ¿Cómo eres capaz de soltar esto en el estado en el que se encuentra yemma? —contesta enfadada Sara.

—Es que en esta casa ya no se puede hablar. Ayer lo mismo, comentario que digo, ofende a todo el mundo. A ver si ya se deja ver el puñetero y nos deja en paz —replica Aicha enfadada, aunque es su mecanismo de defensa para no mostrar lo tan aterrada que se encuentra.

Cada hermano y hermana son diferentes en cuanto al carácter, pero, si tienen algo en común es el amor que le tienen a su madre y la preocupación de la ausencia y el paradero de Yusef, el hermano que no da problemas, sino que te los soluciona; el hermano que está para todo y para todos. El hermano que se la ha jugado pero que, esta vez, se la han jugado.

Él estuvo embriagado por las palabras de quienes, ya en Ceuta, se declaraban con la vida nos sonríe por todas las oportunidades que brinda estar ya en tierra española. Los que, ya con trabajo incluso alcanzado, alardean en redes sociales lo maravilloso que es vivir en las capitales. Los que, mostrando solo una fachada, también utilizan esos mismos medios para atraer a esos niños, aún sin mucha idea de qué va eso, a que el camino de cruzar la frontera es el equivalente a tener ropa de marca, la vida soñada y el futuro solucionado. Esa embriaguez y ansias por conseguir su anhelo hizo que se desdibujaran los miedos y las tantas leyendas que desde niño escuchaba sobre el peligro del mar. Las tantas historias de los que, aun llegando al destino, tienen secuelas del sufrimiento y la desesperación que vivieron durante las horas e incluso días que estuvieron nadando desorientados y aterrados.

Mennana deseaba con todas sus fuerzas que ese miedo y terror al mar hubiera surtido efecto en los pensamientos de su hijo. Pero el terror le acechaba a ella cada día que pasaba sin noticia alguna de él ni de su paradero.

Movilizaron conocidos en la Ciudad de Ceuta para que les ayudaran a difundir la desaparición de Yusef. Asociaciones hicieron que también, medio año después de su desaparición, hicieran eco de esta en puntos clave en la península por si, por suerte, lo encontraran.

Estuvieron pendientes de cada cuerpo sin vida que recibía las orillas de Ceuta por si tuvieran la fortuna de encontrar y enterrar el cuerpo de su hijo. Un año y medio sin saber nada de él hizo que familiares y amistades asumieran la muerte de Yusef. Todos, excepto Mennana. Nadie podía hablar con ella refiriéndose a él como fallecido y quien lo hiciera, no le dirigía la palabra nunca más. Cada día que pasaba sin saber nada de él, era un día más en el que la esperanza y el anhelo por volver a escuchar a su hijo, volver a verlo, residía en su interior como escudo para sobrevivir a su ausencia.

—¿Estará bien? ¿Habrá comido hoy? ¿Estará pensando en mí? «Mennana, qué dices, te hubiera llamado. Se hubiera preocupado. Allah, no puedo con este dolor, es demasiado» —conversa consigo misma, como cada día. Cada día de su vida hasta su muerte.

No se supo nada más de Yusef. El número 24.911 es la cifra que lo representa ahora, una tumba en el mar, una triste cifra que hace referencia a todas esas personas desaparecidas en el mar Mediterráneo.

Yemma= *Madre.*
Lghorba= *La lejanía del hogar.*
Jalto= *Expresión de respeto para referirse a una mujer.*

Mayda Daoud Abdelkader

Con este relato pretendo que nos situemos en el papel de las tantas madres que viven el angustioso dolor de la desaparición de sus hijos.

Un relato que intenta dar nombres a una realidad invisible.

Yusef puede ser cualquier menor que pretenda jugarse su vida con el anhelo y la esperanza de encontrar oportunidades y brindar una mejor vida a su familia. Yusef podría ser una de las casi 25.000 personas, datos extraídos del último informe de Naciones Unidas, desaparecidas en la ruta Mediterránea.

Jesús Porteiro Artero

PIEL ETERNA

A lo largo de la vida hay personas que se merecen vivirla de manera diferente y no dejarse llevar por los caprichos del destino. Una de ellas, el protagonista de este relato es un profesor de literatura de una etapa educativa cuyas siglas eran BUP: Bachillerato Unificado Polivalente.

1980. Se llamaba Sebastián, y su manera especial de impartir las clases de Lengua y literatura le hizo conseguir la simpatia y el respeto de todos. Siempre estaba sonriendo y esa sonrisa la transmitía a todo el mundo. Una mañana, al llegar a clase los alumnos se encontraron una estantería de madera que el profesor había fabricado en su casa. Era alta, con cinco baldas alineadas al milímetro. En la parte de abajo tenía dos puertas con tiradores también de madera. La finalidad era que los alumnos trajesen libros y estuviese completa al finalizar el curso.

A la hora de la salida, lo veían marcharse siempre con su carpeta azul bajo el brazo y una gorra irlandesa de lana de color negro que «daba calorcito en la sesera» como solía decir. Por las tardes siempre estaba sentado en la terraza de una cafetería, no muy lejos de su casa, donde se tomaba un café con leche.

En el tiempo que permanecía allí, mucha gente se paraba a saludarlo, alumnos, amigos de la infancia e incluso desconocidos, a los cuales les gustaba ese semblante alegre tan característico de Sebastián.

Un día, mientras degustaba su tradicional merienda, se le

88

acercó un tipo peculiar. Caminaba muy despacio debida a la cojera que le obligaba a usar un bastón, su rodilla derecha crujía a cada paso que daba y le era muy complicado mantenerse erguido. Llevaba puesta una gabardina clásica de color beige que le llegaba un poco más arriba de los tobillos y un sombrero de ala ancha negro muy desgastado. Su aspecto era desaliñado con la barba descuidada.

Al llegar a la mesa respiraba con la boca abierta, muy cansado. No dijo nada y se sentó enfrente de él. Sebastián se le quedó mirando y, por primera vez se le borró la sonrisa de su rostro.

—No te he dicho que te sientes.

—Tienes algo que me pertenece. Ya es hora que me lo devuelvas.

Sebastián le observaba con atención, quiso mostrar su mejor sonrisa pero los recuerdos le pinchaban por dentro como agujas afiladas.

Veinte años antes. Las cuatro de la madrugada.

Marga. la mujer de Sebastián, había fallecido de una enfermedad cardiaca que su débil corazón no pudo resistir. No tuvieron hijos. Lo que no podía imaginar era que no habrían más ocasiones para intentarlo. Su cuerpo permanecía guardado en una cámara fría en el depósito de cadáveres del hospital listo para ser enterrado.

Un médico forense de nombre Arturo Melgar se acercaba despacio hacia ella. Siempre solía estar muy tranquilo, cuando trabajaba, acostumbrado a ver cadáveres pero en aquella ocasión tenía un pellizco en el estómago. Porque la amaba desde que la vió por primera vez en una fiesta de cumpleaños cuando ambos rozaban la mayoría de edad. Ella sin darse cuenta tropezó con él y derramó su copa de vino en la camisa blanca del doctor. Cuando le pidió disculpas con la voz más dulce que jamás habían escuchado sus oídos, fue la señal inequívoca que le indicaba que iba a convertirse en el amor de su vida. Pero cuando otro chico le agarró del brazo para sacarla a bailar, se dió cuenta que se estaba alejando de su lado con la misma rápidez que llegó. Y el culpable de aquello, aquel chico, era Sebastián.

Encima de la bandeja de una mesa auxiliar, el médico había dejado una carpeta llena de folios donde escribía gran parte de sus secretos. Entre ellos la historia de su familia, todos doctores que habían realizado prácticas con cadáveres que rozaban lo inhumano. Su intención era escribir un libro y encuadernarlo de una forma que él la calificaba de «especial». Cogió su pluma estilográfica y comenzó a detallar en una nueva hoja lo que minutos después se disponía a hacerle al cuerpo de Marga.

Después de diseccionar el cadáver, extrajo parte de la piel de su cuerpo para llevar a cabo una idea que rondaba en su cabeza. Una práctica mácabra: Bibliopegia Antropodérmica o en términos menos científicos, la encuadernación con piel humana. Sus antepasados ya la realizaban pero nunca pudieron conservar los libros y más de uno pagó por tal atrocidad.

El médico salió del recinto un poco antes del amanecer. Se paró en mitad de un pasillo oscuro y se cercioró que nadie le estaba viendo. Creyó oír pasos, pero estaban demasiado lejos de donde se encontraba. Con una carpeta en la mano, y con la piel enrollada cubierta con una toalla se alejó del lugar sin llamar la atención. O al menos eso pensaba.

Por la noche, Luis Cantos esperaba nervioso en el lugar

convenido, miraba su reloj cada tres segundos como si pudiera adelantar el tiempo con la mirada, hasta que notó como le tocaban el hombro. Se giró para encontrarse a Sebastián cuya mirada le pedía con urgencia que empezara a hablar. Luis consiguió el puesto de celador en el hospital hace cinco años. El aburrimiento y el hastío dominaban su vida advitiéndole que necesitaba con cierta premura un cambio.

—Tengo que contarle algo —le dijo Luis.

En la cara de Sebastián se mostraban distintas emociones a medida que escuchaba al celador. Cuando terminó de hablar sacó un block de notas que le dio a Sebastián donde tenia escrita una dirección.

—No está muy lejos de aquí. ¿Qué tiene de especial ese lugar?

—Esa es la casa donde se reunirá ese médico, Arturo Melgar, con alguien esta noche. Le seguí y le escuché mientras hablaba en una cabina de teléfonos —le informó Luis.

Ese nombre le era familiar. Su mente viajó al pasado en un segundo. Entonces recordó la fiesta donde había escuchado ese nombre por primera vez.

No tardaron demasiado en llegar. La casa de planta baja era antigua y llevaba años abandonada. En la fachada dos ventanas cuadradas con los bordes de color blanco una a cada lado de la puerta de la entrada que dejaban ver parte de unas cortinas viejas y llenas de agujeros.

Bastó con girar el pomo para que la puerta se abriera sin ninguna resistencia. Lo primero que observaron nada más entrar y que a Sebastián no se le pasó por alto era una mesa camilla cubierta con un tapete blanco con unas cuantas fotos de su mujer. En el parque, saliendo de casa, del mercado. Algunas cortadas por la mitad si aparecía acompañada en la fotografía.

Todo formaba parte de un plan ideado por una mente enferma y no demasiado inteligente. Pero en todo plan se puede encontrar un resquicio. Un pequeño hueco que lo convierte en imperfecto. Y Luis lo encontró con facilidad.

—Aquí hay algo —le indicó a Sebastián cuando cogió un par de fotos para verlas más de cerca encontrando debajo de ellas una nota de papel escrita a lápiz:

«Nos vemos a medianoche. Cuando vea la luz de tu linterna a través de la ventana entraré en la casa».

Luis miró a Sebastián que le devolvió la mirada y asintió con la cabeza. Los dos pensaron lo mismo. Se quedarían allí hasta que el médico apareciera.

Cuando Arturo entró en la casa, no le dio tiempo a nada más. Un golpe seco en la cabeza de parte de Sebastián y su cuerpo agarrado por Luis para que no hiciera ruido al caer al suelo. Eran las doce menos cuarto de la noche. Les había venido bién que el médico hubiese sido demasiado puntual. Le registraron los bolsillos encontrando la linterna.

A las doce y cinco minutos escucharon el sonido de un coche, el de un motor apagándose y una puerta abriéndose para cerrarse de nuevo un segundo después. En ese momento Sebastián encendió la linterna y apuntó hacia el cristal de una de las ventanas. Se oyeron entonces unos pasos que se acercaban justo en el monento en que Arturo abrió los ojos.

Un tipo vestido con traje de chaqueta negra y corbata empujó la puerta para encontrarse por sorpresa un rodillazo en el estómago de parte de Luis, que hizo que se retorciera de dolor mientras un libro que llevaba en la mano cayó al suelo.

Arturo recobrando el conocimiento intentó pillar por sorpresa a Sebastián que, más rápido que él, le propinó un fuerte puñetazo en la cara. El desconocido se alejó con sus brazos rodeando su barriga y montándose en el coche aceleró sin mirar atrás.

Sebastián no podía aguantarse. La ira le estaba revolviendo por dentro y cuando eso ocurre pensar no es una opción. Arturo recibió un empujón cayendo de nuevo al suelo y la mesa camilla, a la cual Sebastián le propinó una fuerte patada, aplastando la pierna derecha del doctor. Sus gritos de dolor mataron el silencio de una calle silenciosa y tranquila.

Luis, que se encontraba de rodillas en el suelo mantenía el libro entre sus manos. Encuadernado en piel, su tacto era muy suave y su cuerpo sintió un escalofrio que le erizaba el vello.

Sebastián se acercó y se lo arrebató de las manos. Miró con rabia al doctor que, tumbado en el suelo intentaba moverse lo menos posible.

—Empieza a hablar.

Aquella orden no hizo tanto efecto como el tono que Sebastian utilizó para decirla. El escuchar de los labios de aquel indeseable que ese libro estaba encuadernado con la piel de su mujer Marga le hizo estremecer.

Cuando Arturo la vió en la sala de autopsias su único anhelo era estar juntos para siempre y como eso era imposible, buscó el modo de conservar algo de ella. Y lo encontró: El libro que Sebastián sostenía.

No pudo hablar más, el dolor que sentía provocó que perdiera el conocimiento. Luis agarró el brazo de Sebastián y salieron de la casa. No volvió a ver a Arturo hasta aquel momento en la cafeteria veinte años después.

—Quisiste quitarme a Marga hace años y lo que le hiciste estando muerta fue la mayor atrocidad que un ser humano puede cometer. Sólo alguien como tú era capaz de hacer algo así. Y no hace falta que me lo preguntes. Por supuesto que he leído el libro y no me extraña el tipo que persona en la que te convertiste.

Arturo apretó los dientes como reacción a ese comentario. Se incorporó un poco hasta dejar su rostro a escasos centímetros de Sebastián. Su hedor era tan fuerte que este tuvo que girar la cabeza hacía un lado.

—Entrégamelo y te dejaré en paz.

Le sonrió con cara de asco y agarrando su muñeca con fuerza apretó hasta que el médico pidió que parase.

—En paz voy a estar cuanto te coman los gusanos. De eso me encargo yo —le advirtió Sebastián.

Arturo no vio que cuatro chicos jovenes se habían acercado a la mesa mientras hablaban.

—¿Ocurre algo, profesor? ¿Le están molestando? — preguntó el más alto de ellos frunciendo el ceño.

Arturo Melgar se alejó en silencio sin decir ni una palabra, sin replicar.

Pasarón dos años. Una mañana, en la hora del desayuno una pareja se coló en el aula donde tantos años había dado clase Sebastián, que dejó de respirar una semana antes en la soledad de su habitación. Un vecino al observar la puerta de su casa entreabierta, decidió entrar y se lo encontró en la cama sin vida y la nariz rota. A su lado una almohada con restos de sangre.

La pareja empezó a besarse, y en un momento apasionado chocaron contra la estantería que el colegio se había quedado en recuerdo del profesor. Se abrió una de las puertas de la parte de abajo donde sólo había un libro. La chica se agachó para cogerlo y se quedó asombrada del tacto de la portada de color marrón oscuro y aunque se notaba su antigüedad, estaba en perfectas condiciones. La sensación al pasar los dedos por la portada era muy diferente a cualquier otro y sintió un escalofrio. Aún así decidió abrirlo, en la primera página leyó: «Diario personal de Arturo Melgar» y debajo: «Piel eterna».

El chico no dejó que siguiera leyendo. Quitándole el libro lo dejó en la última balda junto al resto de libros en vez de dejarlo en el mismo lugar e intentó seguir su ritual de seducción, pero ella seguía con una extraña sensación en su cuerpo, entonces salió del aula ante la mirada decepcionada de su joven amante.

Unos días después aquella chica que ocupaba una de las últimas mesas del aula ignoraba lo que la profesora estaba explicando porque su mirada se centraba en la estantería.

Al terminar la clase salieron todos menos ella que, quedándose regazada aprovechó para coger el libro lo más discreta posible. Empezó a leerlo y sus ojos se abrían cada vez más cuando pasaba una página tras otra. Le seguía llamando la atención el tocar la portada, una sensación muy distinta a la de otro libro que hubiese pasado por sus manos. Quizás fué una locura, un atrevimiento. No sabía como definirlo, pero decidió llevarselo a su casa.

Dejó el libro en la mesa del salón y se metió en el cuarto de baño para darse una ducha. Al salir su padre sentado en su sillón pasaba su mano por la portada el libro. Sus recuerdos se despertaron al notar su suavidad y volvó a revivir aquel el escalofrio que sólo había sentido sólo una vez hace años en aquella casa junto a Sebatián.

—¿De donde lo has sacado Leonor?

Su padre Luis Cantos, antiguo celador del hospital escuchaba atento lo que le contaba su hija que obvió algunos detalles, como por ejemplo el beso con aquel chico. Aunque se lo hubiese dicho la mente de su padre estaba en otra parte, lejos de donde se encontraban. No dijo nada más. Sólo cogió el teléfono y marcó un número que tenía asumido que no lo iba a hacer jamás, habló con alguien apenas un minuto y sin que Leonor se diese cuenta, salió de casa con el libro.

Al caer la noche Luis caminaba hacía el lugar le habían citado y se sentó en el banco más recóndito de un parque cercano. Deseaba estar en otra parte pero no tenía elección. Meses sin trabajo y con un futuro incierto hicieron que hubiese tomado aquella decisión. Minutos después escuchó a alguien que se acercaba por su espalda, se dió la vuelta para encontrarse con el médico. En la mano traía una gorra irlandesa de color negro. No pronunciaron palabra alguna. Luis le entregó el libro que la casualidad y el destino le habían puesto en sus manos a cambio de la gorra del profesor con una cuantiosa cantidad de dinero en su interior. Atormentado por la culpa y sin dejar de pensar en el profesor, no pudo dormir desde aquella noche.

Arturo Melgar llegó a su casa. Un piso de una habitación que necesitaba una buena limpieza. Se tumbó en un viejo sillón de cuero bastante agrietado. Después de tanto tiempo volvería a abrir por primera vez aquella obra, que el consideraba de arte, y escribir sus últimas frases. Pero antes lo colocó en el lugar que tenía preparado para él. Al lado de otro libro también encuadernado en piel, la de Sebastián.

Jesús Porteiro Artero

El calificativo de escritor se lo echa uno encima en el momento que empieza a escribir y lleva ya unos cuantos años haciéndolo. La escritura es una labor de aprendizaje y uno de mis objetivos es aprender día a día.

Poeta, relatista, y escritor de obras de teatro, este concurso me inspira a seguir aprendiendo y a presentar mis ideas a un público más ámplio.

Escribo desde la adolescencia y en la etapa adulta siento el mismo placer cuando las palabras que se juntan en mi mente llegan hasta el folio en blanco llenándolo de inspiración.

Mohamed Yassin Hassan Lassfar

RESILIENCIA. NO ME DEJES

La cárcel enseña cosas que nadie te dice ante de entrar. No se aprenden en talleres ni en programas de reinserción, se aprenden viviendo, minuto a minuto, entre rejas. Se aprende a perder, a callar, a mirar la vida con otros ojos y, sobre todo, a mirar dentro de uno mismo.

Hace dos años que estoy aquí y todavía me sorprende como los días se alargan y las semanas parecen años. Aprendí a escuchar el silencio y a sentirlo como un peso constante que acompaña cada pensamiento. Cada momento de quietud es un espejo donde uno no puede escapar de sí mismo. Al principio pensé que todos los que decían quererme seguían cerca. Los primeros meses, las llamadas llegaban, las visitas se registraban, las cartas aparecían. Pero pronto llegó el silencio. Los que prometieron estar desaparecieron sin explicación. Aprendí que muchas personas solo acompañan cuando todo va bien. Y duele. Duele sentir que aquellos en quienes confiabas se desvanecieron sin una palabra. Sin embargo, no todos se fueron. Hay quienes permanecen, aunque no digan nada, aunque no hagan ruido. Su sola presencia, aunque silenciosa, sostiene más que las palabras vacías de los demás. Son los que permanecen cuando todo lo demás parece perdido. Con ellos se aprende a confiar de nuevo, aunque sea despacio y a valorar la compañía sin necesidad de explicaciones.

Los primeros meses fueron un infierno mental. No era el ruido de los guardias, ni los horarios estrictos, era mi propia cabeza. Los recuerdos golpeaban sin aviso, las decisiones mal tomadas se repetían una y otra vez y el arrepentimiento se volvió un compañero constante. La culpa no tiene horarios, te sigue al baño, al patio, incluso en la cama. Me sentía atrapado no solo por los muros de cemento, sino por los muros que yo mismo construí dentro de mí. Aprender a convivir con el arrepentimiento, es como aprender a respirar de nuevo después de un naufragio. Te golpea, te humilla, te obliga a mirar cada error con crudeza. Pero también te enseña. Te enseña que no se puede cambiar el pasado, pero sí la manera en que enfrentas el futuro. Te obliga a asumir responsabilidades que antes evitabas y a entender que cada decisión tomada tiene un peso, aunque nadie lo mida por ti.

Aquí dentro uno empieza a ver con claridad quién es y quién no. Las máscaras que llevamos afuera se caen. Cada gesto, cada palabra, cada mirada se vuelve transparente. Duele darse cuenta de que muchos no estaban cuando más lo necesitaba. Pero también enseña resiliencia. Aprendí que no necesito que todos crean en mí. Que nadie tiene por qué esperar nada de alguien que cayó. La reinserción empieza en uno mismo. No se trata solo de conseguir un trabajo o un hogar cuando salga, se trata de aprender a vivir con los errores y seguir adelante con honestidad hacia uno mismo.

Durante estos dos años, he observado mucho. Observo a los que llegan nuevos, perdidos y asustados y a los que llevan tiempo y ya se han resignado. He visto como el abandono de amigos y/o familiares puede marcar más que un castigo físico. Algunos se endurecen, se vuelven fríos y se pierden en sí mismos. Otros logran mirar dentro y encuentran fuerza donde pensaban que no había nada. Cada día es un aprendizaje silencioso. Cada interacción, cada gesto mínimo de otros que permanecen, construye algo invisible pero fuerte. Aprendí también que no sirve solo lamentarse por los que se fueron, sirve analizar, comprender y decidir como uno quiere actuar. El arrepentimiento verdadero no es un llanto repetido, es la transformación silenciosa que ocurre cuando uno se enfrenta a sus errores y decide que no quiere repetirlos.

Hay momentos en que la ausencia duele tanto que se siente en la piel y es cuando más se nota la diferencia de quienes siguen ahí. No necesitan cartas ni llamadas, solo su presencia basta para recordarte que todavía hay razones para avanzar. La certeza de que alguien permanece a tu lado, aunque no haga ruido, te da fuerzas para enfrentar la soledad y el juicio del mundo que viene después. Pienso en los que se fueron, en quienes desaparecieron cuando más los necesitaba. Ya no siento rencor, solo lecciones duras. El abandono enseña algo que nada más puede enseñar: quiénes realmente valen la pena y quiénes no. Aprendí a mirar a los demás sin juicio, porque cada persona carga su propia historia y sus propios errores. Algunos se pierden en su propia violencia o en su tristeza, otros se rehacen en medio de la adversidad. Los programas de reinserción, los cursos y talleres ayudan, pero la verdadera reinserción se hace desde dentro, es lo que prepara para el mundo real. Aprendí que no puedo controlar quién se queda y quién se va, pero sí puedo decidir quién soy mientras espero. Hoy puedo decir que ya no temo al futuro. Ya no dependo de quienes se fueron, pero reconozco y valoro a quienes permanecen.

Estos dos años me han cambiado. Aunque queda camino, sé que puedo salir distinto: más consciente, más fuerte y más dueño de mí mismo, sin esperar nada de nadie más que de mí. La cárcel no solo enseña sobre castigo y distancia, enseña sobre la verdad de las personas, sobre la resiliencia, sobre el arrepentimiento que transforma y sobre quienes realmente se quedan cuando todo parece perdido.

Mohamed Yassin Hassan Lassfar

Cuando empecé con este relato quise mirar una parte de mi historia que todavía dolía.

No fue solo un ejercicio de memoria, sino de comprensión. Me enfoqué en lo que ocurre dentro de una persona cuando pierde la libertad, pero encuentra en medio una esperanza y una transformación interior, hacia lo que realmente permanece cuando todo lo demás se pierde.

Sumaia Ahmed Chatt

ROJO

Frío.

No recordaba la última vez que había sentido calor: no aquel calor que abriga el cuerpo y calma el alma, sino la sensación de seguridad, de tener un hogar. Desde que asesinaron a mi fiel compañera de vida —mi madre—, el mundo se paralizó. Mi vida se congeló. Mi alma se fracturó en mil cristales que cortaban con cada recuerdo.

El dolor no disminuye, no se transforma. Estaba allí, conmigo, anclado a mi corazón como preso en su celda. Solo las pequeñas actividades que realizaba en su memoria eran como destellos de luz en medio de la tormenta.

Por eso me encontraba en aquel jardín de rosas, rodeada de desconocidos. A pesar de que nunca se me había dado bien pintar, agarraba el pincel con firmeza y buscaba mi creatividad en el lienzo, confiando en que, si no la encontraba, ella estaría allí para complementarme y sacarme mil sonrisas. Solo que esta vez, no estaba ella.

La paleta era demasiado colorida para mis ojos acostumbrados al gris de la ausencia. Mezclé blanco y negro con un gesto casi ritual y fijé mi mirada en el lienzo, esperando que me diera alguna señal.

—¿Está buscando la manera de dibujar con los ojos? —dijo una voz.

Seguí con la mirada el camino de donde provino,

encontrándome a un joven de cabellera dorada, con una mirada tan profunda y un rostro tan serio, que me replanteé si realmente me había hablado.

—Lleva más de treinta minutos mirando el lienzo, señora.

—Señorita —lo corregí—.

No le culpaba. A pesar de encontrarme en mi vigésimo año de edad, mi pálida piel y las ojeras que parecían dos eclipses totales en mi rostro, no ayudaban, mucho menos la alargada falda ceniza y un jersey de su mismo color que vestía.

—Disculpe, no quería molestarla —continuó—. Soy nuevo en la ciudad. Me inscribí a *El pincel del artista* para socializar y, al llegar, solo me encontré con extranjeros.

Mis ojos se deslizaron en su lienzo. Él sí parecía un artista. El rojo dominaba la escena, las rosas estaban bien definidas. Aunque eran de ese color tan carmesí que parecían heridas abiertas. De lejos, parecía una escena de crimen.

—Al parecer no solo se apuntó para socializar —dije, sin apartar la mirada—. Se le da bien.

—Gracias —me regaló una sonrisa perfecta—. Me gustaría poder decir lo mismo, pero su arte es un poco… peculiar. ¿Es invisible a desconocidos o tiene palabras mágicas para revelarse como el «ábrete, sésamo» de Alí Baba?

Por primera vez en meses, solté una carcajada que brotó como un tornado de mi garganta. Las comisuras de mi boca dolieron con fuerza, pues no recordaba la última vez que se habían estirado.

—Tal vez ambas cosas —respondí, limpiando una lágrima traicionera.

—Entonces, me llamo Daniel, tengo veinticuatro años y vengo de un pequeño pueblo de Valencia. Me gustaría invitarte a cenar.

—¿Tan rápido?

—Tú has visto mi cuadro —respondió con calma—. Es justo que yo vea el tuyo, y para ello debo dejar de ser un desconocido.

Podría haber vuelto a mi cueva —mi habitación— y seguir con la rutina vacía de los últimos meses. Pero algo en su voz, o quizás en su mirada, me hizo dar un paso hacia la luz. Acepté.

Esa noche elegí un vestido rojo del fondo del armario. Me maquillé para esconder las sombras de mi rostro y, por un instante, no reconocí a la mujer del espejo.

Un mensaje llegó: la dirección de su apartamento.

Toqué dos veces. La puerta se abrió con lentitud.

—Bienvenida, Joana —dijo Daniel, apartándose para dejarme pasar.

Su apartamento era amplio, elegante, demasiado ordenado para un artista. Una mesa de roble repleta de velas se extendía en el centro del salón. Todo parecía planificado con precisión.

—Acabo de comprarlo —comentó, como si leyera mis pensamientos—. Aún estoy adaptándome.

Intenté relajarme. Quería confiar, aunque el silencio entre los dos se volvía cada vez más espeso.

Sin embargo, la velada transcurrió sorprendentemente bien. Hablamos, reímos. Había olvidado lo que era disfrutar de una conversación.

Hasta que se levantó.

—Antes de traer el postre, quiero mostrarte una cosa —dijo, levantándose—. No tardaré.

De pronto, Daniel apareció frente a mí cargando un gran cuadro. No podía ver qué mostraba, ya que solo tenía a la vista la parte de atrás. Cuando llegó justo frente a mí, lo giró con cuidado, ansioso por no perderse ni un instante de mi reacción al verlo.

—Es mi obra maestra —dijo—. Y estoy preparando los pinceles para la siguiente.

Mi corazón se detuvo. Era la obra que pintaba aquella mañana, pero acabada… y solo en rojo, como entonces.

Daniel pasó suavemente su dedo índice sobre una rosa del cuadro. Al principio pensé que lo hacía para comprobar si la pintura ya se había secado, pero enseguida me di cuenta de que no era así: llevó el dedo a su boca y lo lamió lentamente, recorriéndolo con la punta de la lengua.

—Sangre de mi amada madrastra —susurró mientras sus dientes se empapaban en granate— Me pregunto cómo sabrá la de mi hermanastra.

El frío que me recorrió se sentía rojo.

Rojo es el color de la sangre que cubrían sus manos.

Manos que arrebataron la vida de mi madre.

Sumaia Ahmed Chatt

Tengo veintiún años. Estudio una ingeniería, por lo que siempre me he considerado una chica de números. Sin embargo, en lo más profundo de mi alma habitan las letras.

Escribo desde los trece años, solo cuando la inspiración me alcanza. Hasta ahora, mi escritura siempre se había extendido en novelas largas, por lo que «Rojo» representa mi primera experiencia con un relato corto.

Escribir «Rojo» ha sido todo un reto. Mi propósito era que, en apenas cuatro páginas, el lector pudiera transitar por varias emociones: la tristeza ante la pérdida de una madre, la atracción y la intriga que despierta el encuentro con Daniel, y, finalmente, el desconcierto absoluto de un desenlace abierto que deja tras de sí asombro y preguntas que continúan resonando en la mente.

Raquel García García

SINGULARIDAD

Entrada 0

«He sostenido durante años que los pensamientos poseen masa. Unos son apenas polvo, flotan y se disipan al contacto con la memoria. Otros, en cambio, pesan tanto que curvan el espacio de la mente como planetas invisibles. He calculado su velocidad de caída, su densidad, incluso la órbita de los recuerdos menores que giran a su alrededor. Pero hay un fenómeno que aún no comprendo del todo: el pensamiento singular. Aquel que no gira, que no brilla, que solo traga. El agujero negro de la conciencia. Hoy, por primera vez, intentaré acercarme a él.»

Entrada 1

«El interior de la mente no es un laberinto, como imaginaba, sino un firmamento. Constelaciones de ideas, algunas en plena combustión, otras apagándose lentamente. Cada pensamiento tiene una órbita, una gravedad, un brillo y una duración. Son preciosos, aunque extremadamente frágiles. Debo andar con cuidado de dónde piso, ya que todo está lleno de trampas. Antes, cuando llegué, pisé una zona inestable y caí a un agujero del que solo pude salir luego de haber estado reviviendo en bucle todas esas veces que me trabé hablando con mi compañero de laboratorio el año pasado.»

Entrada 4

«Llevo algunos días explorando. Las noches son duras, pero fascinantes: los pensamientos se aceleran, los fenómenos se

multiplican y el sueño deja figuras tan fantásticas como aterradoras por todas partes.

Algunas entradas han desaparecido. No sé si se borraron solas o si fui yo quien las olvidó. He puesto en práctica ciertos métodos de recuperación —repetir secuencias, reconstruir escenas— y conseguí rescatar retazos. No son más que restos deformes, pero prefiero guardarlos.»

Entrada 3 (recuperada)

«Las constelaciones más frágiles tienden a ▮▮▮▮▮▮▮▮ *[ilegible]. He intentado calcular su radio de dispersión, pero los números se me escapan en cuanto cierro los ojos. Solo queda la sensación de un destello que se rompe antes de llegar a ser recuerdo.»*

Entrada 5

«Me gustaría dejar registro de algunos de los fenómenos más interesantes y recurrentes que he podido presenciar. He decidido ponerles nombre para facilitar su identificación:

•   Ideas fugaces: a veces aparecen pensamientos como chispas o pequeños meteoritos. Son imposibles de atrapar; lo he intentado en varias ocasiones, pero invariablemente desaparecen.

•   Lenguaje roto: en ocasiones, algunas frases comienzan a repetirse y otras se deforman por sí solas.

•   Recuerdo ajeno: es la segunda vez que tropiezo con un recuerdo que no reconozco como mío. Explorar hipótesis: ¿la mente contiene solo lo propio o también restos de otras personas?»

Entrada 6

«Cuanto más avanzo, más empiezo a sentir que toda gira hacia un mismo punto. Incluso mis propios pasos parecen dirigirme hacia

allí. Debo estar cerca. Tengo que calmarme. Tengo que tener cuidado.»

Entrada 7

«La atracción es cada vez más evidente. No importa la dirección que tome: siempre termino dirigiéndome hacia el mismo punto. He comprobado que incluso los pensamientos más ligeros, al acercarse, cambian de órbita y se precipitan. A veces es complicado ▮▮▮▮▮▮▮▮

Hoy me detuve junto a uno de esos satélites oscuros: era una vergüenza antigua, apenas reconocible. Pude sentir cómo se aferraba a mí, intentando arrastrarme dentro. Me liberé con dificultad, y mi cuerpo pareció recordar un dolor que, de alguna manera, había borrado. Pero siempre ha estado ahí. Empiezo a sospechar que la singularidad no está rodeada de vacío, sino de satélites que orbitan en torno a ella.»

Entrada 9

«He notado una variación en mis notas: lo que escribo vuelve a mí cambiado. No sé si es la gravedad del centro o si es mi propia mente deformándose.

Al releer, encuentro frases que juro no haber escrito. ¿De dónde provienen? Es como si en esta zona existieran ecos que me atraviesan y se filtran en mi registro. Creo que no soy la única que habla aquí dentro y, lo reconozco, tengo miedo.»

Entrada 12

«Cuanto más tiempo paso aquí, más fácil me resulta reconocer esta zona que creía desconocida. El paisaje me resulta familiar, aunque me resista a admitirlo. Pero estoy agotada, incómoda, y ya no quiero saber nada más.

Sé que tengo que enfrentar lo que está más allá —lo he estado hablando con el eco—, pero temo no saber volver. Si doy un paso más, ¿me perderé para siempre o encontraré el camino de vuelta?»

Entrada ¿?

«Al fin, he cruzado la frontera. El centro no es vacío: es pesado, denso, envuelto en un silencio demoledor. Los satélites, los recuerdos, mis propios pensamientos... todo se curva hacia este núcleo que nunca quise nombrar. Siento que ya no hay dentro ni fuera; solo un tirón constante, una gravedad que me iguala a lo que observo.

Si alguien lee esto, quizá entienda que no siempre se puede escapar de lo que siempre estuvo ahí. Yo... no sé si volveré. Pero he llegado.»

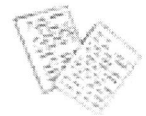

Raquel García García

Me siento cómoda en la exploración de lo introspectivo: la identidad, la memoria, las emociones, el trauma… en definitiva, en lo humano.

«Singularidad» es una exploración hacia el interior de la mente, un descenso al punto de mayor densidad emocional. A través de fragmentos de diario científico, la narradora intenta medir lo inabarcable: lo que no puede nombrarse sin caer dentro.

Mil gracias por leerme.

José Antonio Carracao Meléndez

TODO POR LA PATRIA

1

—Todo por la patria, ese enunciado que muchos años después comprendí lo que significaba, es todo lo que puedo ver, doctora.

—Es normal, el cerebro experimenta un bloqueo emocional ante experiencias traumáticas o sensibles, y por lo tanto, nos niega el acceso a ciertos lugares donde se guardan esos momentos de nuestra vida que son dolorosos o que queremos olvidar.

—Pero ¿por qué sueño todas las noches desde hace meses con la puerta de la Casa Cuartel de mi pueblo? En mis sueños vuelvo a la infancia, a la calle donde vivía, justo frente al cuartel de la Guardia Civil. En ese sueño, miro hacia las amplias escaleras que dan acceso a su entrada, empiezo a subirlas mientras leo la famosa proclama del benemérito cuerpo y en ese momento, cuando voy a entrar, me despierto.

—Es interesante... ¿Por qué cree que no puede entrar?

—No lo sé. Siento una sensación de vacío y es ahí cuando me despierto.

—¿Cuál es su actitud al despertar?, ¿cómo se siente?, ¿triste, avergonzado, asustado? Hábleme de esos sentimientos.

—Me despierto contrariado porque quiero saber, quiero entrar para ver algo y no puedo. Diría que el sentimiento al despertar cada mañana es el de frustración.

—¿Y cómo quiere que abordemos esta terapia?

—¿No lo sé, usted es la profesional, no?

—Ciertamente —rió con naturalidad la doctora— Reformulo la pregunta, no me he expresado con profesionalidad, le solicito disculpas. Me refiero a qué espera de estas consultas. ¿Qué quiere resolver?

—Yo lo que quiero es saber por qué me despierto siempre al intentar entrar, ¿es eso posible?

—Mire, es un sueño, y como tal, se debe sólo a una activación cerebral donde la imaginación se libera. Puedo tratar de guiarle para que encuentre alguna respuesta sobre qué significa para usted o qué recuerdos le evocan esas imágenes.

—La imagen ya le digo, es siempre la misma. Calcada. Todo ocurre de la misma forma hasta que leo el cartel, siento el vacío como le he contado y entonces me despierto. Empiezo a desesperarme, todas las mañanas abro los ojos igual, doctora. Y por las noches me voy a la cama con la certeza de que volverá a ocurrir.

En ese momento, una suave música ambiental inundó la sala, lo que indicaba de una forma delicada y sutil que el tiempo de consulta había terminado.

—Es un detalle.

—¿Qué cosa? —preguntó la doctora.

—Lo de la canción bonita esta que está sonando. Creía que todos teníais una especie de timbre o sonido parecido al de un despertador para terminar las sesiones.

—Eso es en las películas, Andrés. ¿Cómo se sentiría si le indicara el final con un timbre?

—Pues no lo sé, venía pensando que sería así, por lo que

supongo que no me habría sorprendido.

—¿Le cuesta sorprenderse? Quiero decir, diría que es usted una persona impresionable.

2

—Y va y me suelta que si soy impresionable.

—¿Y tú qué le dijiste?

—Pues que la música estaba sonando y que ya habíamos terminado. Me levanté de la silla y me fui, no sin antes dejarle los doscientos euros sobre la mesa.

—¡Doscientos euros por media hora!

—No hombre, se paga un mes por adelantado: cuatro sesiones, una por semana.

—Así que la semana que viene tienes que volver a ir. Pero Andrés, ¿por qué le estás dando tanto vuelo a esto?, no es más que un sueño, ya se te pasará.

—No tío, no lo entiendes. Hay un motivo, lo siento. Este sueño es por algo.

—Bueno hace muchos años que somos amigos y sé que te obsesionas con las cosas.

—¡Juan!

—¿Qué?, ¡es verdad! Acuérdate de la chica aquella que te miró en el metro. Estuviste semanas diciendo que te había querido decir algo con la mirada y te estuve acompañando varios días a ver si nos la encontrábamos otra vez.

—Venga Juan, ¡no compares!, una cosa no tiene nada que ver con la otra. Y aquella chica: ¡sí me quiso decir algo!

—Tómatelo con calma —dijo Juan, levantándose de la

mesa con esa suficiencia de quien se siente ganador en un debate— Gracias por la cerveza.

—¡Encima!, ¿es que no has oído lo de los doscientos euros? —pero ese comentario fue en vano porque lo único que escuchó como respuesta, fue otro «gracias» apresurado, entremezclado con el sonido de la campanilla de la puerta del bar al cerrarse.

3

—Una creciente brisa recorre la calle, tan solitaria, inmóvil y silenciosa como siempre. Siento mi respiración y contengo los latidos de mi corazón. Con cada paso avanzo por la escalera. A la derecha, amenazante, está la ventana de la garita, desde ella puede verme el guardia. Me agacho y termino de subir los escalones pasando por debajo de la ventana. Ahora veo al guardia sentado sobre una silla vieja, los codos apoyados en una mesa metálica. Está distraído con el periódico. Me tumbo en el suelo y repto justo por delante de él con la esperanza de que, si no respiro y no le miro, él no me verá a mí. Medio metro más y podré salir de su vista encogiendo las piernas. ¡Lo consigo! No me ha visto, estoy a salvo al otro lado del puesto de control. ¡He entrado! Estoy en el patio. Corro pegado a la pared hacia la derecha. Llego a otro patio contiguo, un poco más pequeño, en el que no hay maceteros, sólo una pelota de plástico desinflada, amarilla y con rombos negros. Sigo por la pared de mi derecha, son los bloques de casas. Paso de largo del primer portón y continúo hasta el segundo. Entro. No hay puerta, el rellano es muy pequeño, apenas un paso y medio hasta las escaleras. Hay dos. Una que sube, con escalones mellados por el tiempo que da a las casas, y otra que baja. Esta da a un pasillo mal iluminado, lleno de puertas metálicas: son cuartillos para almacenaje. Me detengo frente a una. Está abierta y entro. Me rodea la oscuridad. Hay un baúl, tiene cajas pesadas encima. Noto que alguien está conmigo y me ayuda a moverlas pero no veo a nadie. Voy a abrir el baúl. La cerradura cede fácilmente. Levanto la tapa. Dentro algo llama mi atención. ¿Qué es eso?, ¡qué es eso!, ¡no!, ¡no!

—Andrés… ¡Andrés!

—¿Pero qué es eso?

—¡Andrés!, ¡vuelve!, cuando cuente tres abrirás los ojos y estarás en esta sala conmigo, recordarás todo lo que has visto pero te sentirás tranquilo.

—¡No entiendo lo que estoy viendo!

—¡Un, dos, tres!

4

No siempre conseguir lo que se desea es motivo de felicidad, a veces sólo trae oscuridad y pesadumbre. En esas reflexiones fluctuaban los pensamientos de Andrés mientras miraba su propia imagen zarandeada por el vaivén del tren, reflejada en el cristal de la ventana de enfrente. Una vez abierta la puerta dejó que la fuerza del grupo le sacara fuera y lo llevara como un autómata, casi contra su voluntad.

—Disculpa —oyó que le decían desde atrás.

—¿Sí? —contestó Andrés saliendo de su trance.

—¿Te importaría dejarme pasar?

Andrés se apartó y dejó que lo adelantaran por las escaleras. La joven le sonrió. La siguió con la mirada mientras recorría el pasillo del Metro a unos cuantos pasos delante de él. Pero fue justo al doblar la esquina cuando la joven giró ligeramente la cabeza y sus miradas se encontraron. En ese preciso instante, Andrés la reconoció. Era la joven que había estado buscando con su amigo Juan.

Con unos cuantos pasos vigorosos se acercó hasta ella.

—Disculpa, ¿nos conocemos?

—Puede ser —dijo ella— ¿De qué me recuerdas? —en los ojos de la chica había un brillo de expectación entusiasta y una indisimulada sonrisa en su comisura.

—No, quiero decir, que no nos conocemos pero me parece que nos hemos cruzado otro día por aquí —dijo Andrés con ese tono de quien no quiere parecer estúpido pero lo confirma a cada palabra.

—¡Ah!, puede ser —dijo la joven mientras iniciaba de nuevo su marcha, desilusionada.

Andrés la miró irse, hasta que le emergió un impulso de valentía.

—¡Espera!

La joven se detuvo y se volvió.

—Te vi haces unas semanas y querías decirme algo, lo sé—. Ahora sus ojos se conectaron de verdad.

—Quizás no esté todo perdido —dijo ella— ¿Tienes tiempo para un café?

—Yo iba a preguntarte lo mismo —dijo Andrés.

—Tenemos que hablar del día que abrimos aquel baúl.

José Antonio Carracao Meléndez

Nacido en Jimena de la Frontera en 1979, reside en Ceuta desde los 17 años.

Es autor de la serie infantil *Supermendruguito*, un entrañable personaje nacido del deseo de transmitir valores y humor a los más pequeños, y de la novela juvenil *La mejor película del mundo*, donde la imaginación se mezcla con la emoción y la mirada sincera de la adolescencia.

Su sensibilidad poética quedó reflejada en *Yo soy la mar que a un puerto ha llegado*, con la que obtuvo el segundo premio en el certamen de poesía del Puerto de Sotogrande, abordando el empoderamiento femenino y la contaminación marina en un juego simbólico entre el amor y la conciencia.

En su relato para este concurso, explora los límites entre la realidad y el sueño, entre lo que tememos y lo que deseamos descubrir de nosotros mismos, siguiendo el pulso de la introspección y del misterio cotidiano que tanto le atraen como escritor.

Beatriz López Benavides

TORMENTA Y SOL

Siempre he creído que las casualidades no existen, capaces de dar un giro completo, como el que él dio en mi vida aquella tarde. Sentía que me encontraba en lo más alto de una torre frágil, con los cimientos de arena mojada. Mi corazón se debatía entre una explosión de emociones ancladas, un cúmulo de circunstancias que me impedían ver más allá en mi camino. Tras varias noches en vela, debido al dolor corporal por haber tensado mis músculos —discípulos del estrés, ese enemigo silencioso que convivía en mí sin saber desde cuándo—, todo en mí parecía colapsar.

Mi nombre es Celia. La palabra que mejor describe mi forma de expresarme al mundo es resiliente. Pero tanto despilfarro de energía física, por estar siempre al servicio de todos a la voz de «ya», acabó pasándome factura. Vivía en un hogar que se sentía hostil y ejercía una vocación como enfermera, ayudando a mis pacientes a sanar de la manera más cercana y empática posible. Siempre dispuesta a escuchar sin juzgar, intentaba ofrecer un abanico de colores a cada situación que mis amistades y mi familia necesitaran, sin mirar la hora, el lugar o el día. Era el filtro por donde se colaban todo tipo de quejas, dudas y reclamaciones. Pero nadie fue consciente de lo inconexa que me sentía.

Lucía una tez blanca, adornada por mis ojos marrones acunados por intensas ojeras, todo sostenido por un cuerpo escuálido. De pronto comenzó a llover en mis ojos: una lluvia repleta de dolor emocional, sin saber su procedencia. Mi mente era un colapso de incesantes pensamientos intrusivos. Los latidos de mi corazón, acelerados, bloqueaban la ligereza de mis células y volvían mis movimientos torpes.

Alcé la mirada y observé varias fotos colgadas en la pared verde del salón donde permanecía sentada en el suelo. Una de ellas captó mi atención: mostraba a una mujer de unos cuarenta años, feliz, sonriendo. Lucía la sonrisa más brillante que la luna llena y unos ojos oscuros como la noche, cuyo mirar desprendía comodidad ante la vida. Era yo, una década atrás.

Sin saber cómo, algo me impulsó a ponerme en pie. Con premura me vestí y colgué una mochila a mi espalda. Fui valiente al salir a la calle, sin dirección concreta, esquivando la muchedumbre. Bajé hasta el paseo marítimo para visitar los puestos artesanales. Siempre me ha fascinado todo lo elaborado por manos humanas. Cada puesto ofrecía algo distinto: infusiones, abanicos, platos de cerámica, pinturas, abalorios, collares, pendientes…

En este último comenzó el cambio radical en mis días hasta ahora. Ojeaba unos colgantes cuando, entre todos, uno llamó mi atención. Era diferente pero sencillo: una base cuadrada marrón con un corazón rojo intenso en relieve. Me fascinó la fuerza que desprendía. Lo pagué y, al salir del puesto, oí una voz femenina muy cerca de mí. Tenía un timbre maduro, lleno de dulzura. Al girarme me sorprendieron unos ojos grises llenos de magia. Su piel, dorada por el sol, y su cabello blanco caolín le daban un aire casi celestial.

—Permítame, mujer, que le coloque el collar —dijo con un acento especial.

Asentí, algo petrificada. A medida que deslizaba sus viejas manos por mi rostro, sentí una electricidad inusual que me hizo cerrar los ojos con fuerza. Como si me conociera desde siempre, se agarró a mi brazo y, caminando despacio por su edad, me dijo que su nombre era Antu. Quería hacerme un regalo especial para ayudarme en mi situación actual. Se notaba que era de esos seres capaces de presentir los estados emocionales de las personas.

A paso lento nos adentramos en la playa, a pocos metros de su puesto. El mar lucía transparente, destellando partículas doradas bajo los rayos del sol. Mantuvimos durante un buen rato conversaciones cortas pero profundas, con los pies sumergidos en la orilla. Luego, ambas salimos del agua y nos sentamos frente al mar. Con una dulzura especial, Antu me tomó la mano; su voz serena me fue guiando:

—Cierra los ojos lentamente, coloca las manos en el regazo con las palmas hacia arriba y relaja poco a poco tu cuerpo. Inhala profundamente y exhala cada vez más despacio. Observa el ritmo de tu respiración. Este es tu momento. Suelta el control y permítete sentir. Cualquier pensamiento que llegue, déjalo pasar, como las nubes en el cielo.

Poco a poco fue espaciando sus palabras hasta quedar en silencio.

Mis respiraciones se hacían cada vez más lentas. El cielo de mi mente se tornó azul celeste, casi sin nubes. Mi cuerpo permanecía inmóvil, pero muy relajado. Podía oír las olas llegar a la orilla, el canto de los pájaros, incluso el suave aleteo de alguno. Sentía la brisa marina, su aroma, su sabor salado. Los pensamientos negativos que habitaban mi mente fueron descendiendo. Me dejé ir. Confié. Accedí a un lugar totalmente desconocido, fuera del tiempo. Todo se volvió acogedor y reconfortante.

Sentí que era una con toda existencia. De mi corazón emergió una energía amorosa hacia mi ser y hacia todo el universo. Supe con certeza que había desenredado el hilo de mis problemas y que, ante mí, se abriría un camino iluminado. Me desprendí de una máscara autoimpuesta ante el mundo. Mi alma, hacía tiempo, gritaba a voz desgarrada que debía desacelerar mi ritmo cotidiano, dando cabida a la versión más pura y sincera de mí misma: ese estado primario de paz de toda existencia universal.

Entendí que, soltando, fluyendo y confiando, cada vivencia recobraría más sentido. Comprendí también que nuestro viaje llamado vida tiene un tiempo limitado y que el mejor momento, el más certero, es el presente: este aquí y ahora.

No recuerdo si fueron minutos u horas. Lo que sí sé es que pude ver, grabada a fuego en mi retina, la presencia de Antu. A mi lado derecho permanecía sentada, con una mirada amorosa, tan maternal, que no pude evitar abrazarla con gratitud. Fue un gran honor saber que aún existen personas tan mágicas, capaces de aliviar el alma en silencio.

Me mostró que la solución ante los problemas se encuentra al recoger nuestra mirada hacia dentro, hacia ese templo de paz que todos llevamos. Nos levantamos de la arena, la acompañé de vuelta a su puesto, cogidas de la mano. Hubo pocas palabras. Solo un beso en la mejilla antes de despedirme.

Al volver a casa, las paredes lucían más acogedoras. Se respiraba un aire renovado. Me acerqué al cajón del arte —así lo llamo yo—, donde guardo mi bloc de acuarelas pintadas por mí. De pronto, una hoja cayó al suelo. Al darle la vuelta, me quedé paralizada: era una playa luminosa, la misma donde había tenido aquella experiencia tan profunda con Antu.

Con la pintura en mis manos, fui nuevamente a su encuentro. Al mirarnos, sentí que no le sorprendía verme. Ya sabía que volveríamos a encontrarnos. La saludé y, a modo de sorpresa, le entregué la acuarela. Ella aceptó con emoción y gratitud. Sentí un amor mutuo y puro. Supe, en mi interior, que ella era un ángel encarnado en la Tierra, capaz de elevar la tristeza al cielo y guiar a las almas hacia su interior, para que cada ser transite su sendero de vida con propósito y felicidad.

Llegó el momento de la despedida. Nos dimos un largo

abrazo, de corazón a corazón. Le prometí que, desde aquella tarde, dedicaría cada instante de mi vida a ayudar, como ella lo hizo por mí, a todo ser que necesitara apoyo incondicional, pero respetando mi sentir. Aprender del pasado, vivir con armonía el presente y cuidar el futuro con amor.

La gran lección de aquella tarde fue que, por muy grande que sea la tormenta, en medio de ella… respira. Respira lento. Nada es eterno, porque finalmente, siempre sale el sol.

BEATRIZ LÓPEZ BENAVIDES

«Tormenta y Sol» nació como un susurro en medio del ruido cotidiano. Escribí este relato para rendir tributo al poder del silencio, al instante en el que el alma se encuentra consigo misma. En cada palabra quise dejar un destello de esperanza, una llamada a mirar hacia dentro cuando todo parece oscurecerse, a escuchar nuestra propia voz y recordar que la vulnerabilidad también es fortaleza.

Porque incluso en medio del dolor o la confusión, siempre hay una luz esperando al otro lado del miedo. Espero que quienes lo lean sientan un rayo de amor que los invite a reconectar con su propia paz, a revivir esa sensación de volver a respirar, de reconciliarse consigo mismos y con la vida. Porque, aunque las tormentas sean inevitables, si aprendemos a respirar conscientemente... siempre vuelve a salir el sol.

Puri Ferrón González

UN MAESTRO INOLVIDABLE

Tengo que reconocer que mi historia con el cura Don Pedro, profesor de mi instituto, no empezó bien. No fue culpa suya, todo lo contrario. Yo era un pillo, así me llamaba él. Un pillo curtido a golpe de necesidad, de hambre, de picaresca. En la España de la posguerra y siendo el menor de cuatro hermanos, o espabilas o no te queda ni yema donde mojar el pan. En mi clase podría haber más de sesenta alumnos, compartiendo travesuras y con las tripas pegadas entre pupitre y pupitre. Así que los profesores no nos conocían, bueno, solo conocían a los *pelotas* de las primeras filas, los empollones, los que llevaban todos los días los deberes. Yo ocupaba las últimas mesas. Y no hacía las tareas, porque cuando llegaba a casa tenía que ponerme a remendar zapatos con mi padre. Recuerdo la primera vez que lo vi entrar, con su andar parsimonioso, mirándonos por debajo de sus gafas, con esa sotana gris abotonada hasta esa tira blanca que le hacía de cuello. Cada mañana se sentaba en su silla de madera ennegrecida y desvencijada, justo debajo del crucifijo y a la derecha del mapa de esa España que nos absorbía hasta las ideas. Cristóbal Álvarez Fernández, Vicente Berciano Crespo, Julián Bajón Sánchez… Todos se levantaban y gritaban un: «presente», que resonaba entre aquellas paredes encaladas. Hasta que después de varios minutos de cantinela a modo de rosario llegaba a mí: Antonio González López. Entonces me levantaba y le decía: «no ha venido, profesor» y después de semejante desvergüenza me volvía a sentar entre las risotadas poco disimuladas de mis compañeros de alrededor. Él continuaba con su letanía hasta

125

que llegábamos por fin a la z. Entonces comenzaba su clase de geografía, bajo la atenta mirada del Caudillo, que desde su cuadro controlaba la dialéctica y la pedagogía. Así tuve al pobre cura más de dos meses. Hasta que una mañana quiso el infortunio de que se encontrara mi nombre escrito en la pizarra con letras mayúsculas entre los castigados. No es que no me mereciera la reprimenda por los hechos acaecidos ese día a la hora del recreo, pero es que después de llevar dos años comiendo galletas con manteca y viendo los bocadillos de chorizo que se jalaba todos los días Manuel Ramón, no pude resistirme; le di el cambiazo. Ya le extrañó el papel de periódico, pero cuando se encontró las galletas, comenzó a gritar como si una bomba hubiese llenado de metralla desmigajada el patio empedrado.

—¡Hombre!, ¡no me lo puedo creer! ¡Por fin voy a tener el enorme privilegio de conocer a vuestro compañero Antonio González López! —dijo levantándose con un brío inusual de su silla. Y allí me alcé yo, entre las carcajadas de los demás, ocasionando un revuelo de gallo en corral ajeno. La pobre cara de Don Pedro pasó por varios colores de la gama cromática, rosa, rojo, morado. Me llevé una buena reprimenda. Me obligó a ocupar los primeros puestos en el ranking de los más pelotas, me situó entre Ceferino y Bernardino, saltándose el orden alfabético. Se preocupaba de mí, pero preocuparse de verdad. No sé cómo se las ingeniaba, pero siempre me pillaba haciendo pellas y fumándome las colillas en el callejón de al lado. Llegué a pensar que ese Dios suyo se lo chivateaba. Hizo que creyera en mí.

—Tienes lo mismo de pillo que de inteligente, llegarás a ser alguien en la vida, solo tengo que enderezarte un poco más, Antonio González López —me decía, le gustaba nombrarnos con los dos apellidos, como si el nombre no tuviera suficiente peso. Entonces me dejaba sobre la mesa un examen con un sobresaliente en rojo que resaltaba sobre el papel blanco. Me sonreía por debajo de sus gafas y seguía repartiendo más bien roscos que dieces. Yo no entendía muy bien lo de llegar a ser alguien. A esa edad me conformaba con engañar el estómago, manosear alguna chica con promesas de aspirante a novio formal y fumarme pitillos a escondidas. Me acompañó los años de instituto. Saqué muy buenas notas. Seguí con mis pillerías, pero nunca en sus clases; como aquel día que tenía un examen de dibujo y no tenía ni regla, ni escuadra, ni cartabón, se lo fui quitando a todos los que estaban a mi alrededor, porque si no tenías el material no te examinabas. En mi casa no había para comer, así que el compás era un lujo que mi familia no se podía permitir, a mi madre solo le había llegado para un lápiz de grafito al que le sacaba punta con un cuchillo y un cuadernillo que había conseguido que «la Mari» se lo diera fiado, con la promesa de que al final de mes se lo pagaría todo. A la pobre tendera se le estaba ampliando más la lista de todo lo que le debía mi madre, que la de los reyes Godos que teníamos que estudiar nosotros.

Todo se complicó al acabar el bachiller, mi padre murió de repente. Ese de repente, era un infarto en toda regla. Tenía que dejar los estudios y ponerme a trabajar a jornada completa, no solo después de las clases para sacarme unas perras. Aquella mañana, a dos semanas del examen de reválida, dejé de ir a clases. Cuando escuché la voz de Don Pedro en el salón de mi casa hablando con mi madre, mis oídos no daban crédito.

—Señora Carmen, Antonio tiene que hacer ese examen, es muy inteligente. Sé muy bien la situación en la que se encuentran. Por eso yo me ofrezco a pagarle los estudios, el material, todo lo que necesite. Quiere ser ATS, se examina dentro de dos semanas, estoy convencido de que aprobará. Es un pillo, lo sé, pero llegará a ser alguien en este valle de lágrimas. Deje que Dios le ayude, es usted una gran mujer… —le decía a mi compungida madre.

Hoy, años después, aquella esquela me devolvió a mi infancia y a la calidez de su recuerdo. Lágrimas de agradecimiento y tristeza se agolpan en mis ojos.

«Don Pedro Fuentes Llorente, sacerdote y profesor jubilado ha fallecido el 15 de octubre de 1977, a los 93 años, habiendo recibido los santos sacramentos.

R.I.P»

Un maestro inolvidable, al que le debo mi profesión y el llegar a ser alguien. Entendí que ser alguien es ser una buena persona, como lo fue él.

Puri Ferrón González

Con este relato he querido rendir homenaje a esos profesores que se vuelven imborrables en nuestra memoria. Aquellos que nos trazan caminos, que marcan nuestras vidas. Esos profesores que creen en sus alumn@s mucho antes de que estos abran sus ojos al mundo. Mis letras van por ellos...

Esta es, además, la historia de mi padre. Él fue ese «pillo» que se topó con la dulzura del corazón de un maestro inolvidable.

Noelia Garzón Serrano

UN PAR DE ZAPATOS

Cuentan que mi abuelo materno tenía unas manos grandes y ásperas que olían a cuero. Alto y desgarbado, su espesa mata de pelo, a ratos negra, destacaba por encima de su inseparable y gastado delantal, rancio por el paso del tiempo, con notas de carne muerta. Dentro acumulaba trozos de suelas que desprendían vaharadas de tierra, puntillas ahumadas y un sinfín de cálidos materiales anónimos. Tenía el oficio de zapatero —del gremio fabricante de zapatos—. Cuando llegó a mi vida, la evolución hacia la producción en serie, lo había reconvertido en remendón.

Cuentan que mi abuela materna, bajita y regordeta, era costurera, ama de casa y malabarista. Con una peseta te solucionaba el día, pero si la diosa Fortuna se aparecía y conseguía dos, entonces el buen humor se extendía por todo el barrio. De su usada bata colgaban hilos de colores y sus piernas eran un empedrado de venas cuyo dolor soportaba sin quejarse.

Cuentan también que mi madre, la mayor de cinco —cuatro hermanas y un hermano—, muy pronto tuvo que comenzar a trabajar para traer un sueldo a casa. Presumida sin cortapisas y estudiante frustrada, cuidaba su melena rubia con el mismo esmero que paseaba los libros de su hermano por la calle Real. Delgada y curvilínea, impulsiva y segura, los episodios trascendentales en la vida de Lola ocurrieron durante sus catorce primaveras. Entre ella y su hermana menor mediaban diez años, y según la primera todo un abismo en la percepción de los acontecimientos.

Ocurrió con unos zapatos de tacón, una invernal y triste mañana de jueves a finales de los años 50, cuando Eisenhower aún

130

no había visitado España.

Cuentan que por aquel entonces la situación económica en la familia no era boyante. Abuelo era un profesional reconocido en la próspera ciudad y recibía encargos de todos sus rincones, pero la caja de caudales acumulaba polvo. Las cuentas pendientes de cobrar iban aumentando a una velocidad vertiginosa y ponía en aprietos la compra de los materiales más básicos. Mi abuela veía los nubarrones que su marido obviaba, y sin levantar el pie hinchado de su máquina de coser, le instaba a buscar soluciones. Entrando al negocio, un cartel deslavazado rezaba en la pared: NO SE FIA.

Enlazada con la zapatería por una escalera de piedra, se llegaba a la minúscula vivienda donde habitaban los siete miembros de la familia. Dos dormitorios y un saloncito en línea se completaban con la cocina a la izquierda que daba acceso a un pequeñísimo aseo sin bañera. Una vez el progenitor terminaba de coser, pegar y martillear, llegaba el momento de la entrega. Una de las hijas menores se encargaba de acudir al domicilio de la cliente y traer a casa, además de su satisfacción, las codiciadas pesetas con las que mi abuela ponía en práctica sus habilidades.

Cuentan que aquel día la Diosa estipuló que hubiera inventario en la tienda donde mi madre trabajaba de dependienta. Con el comercio cerrado, ella disfrutaba de un inesperado y no retribuido día de asueto. Saludó a su padre cabizbaja iniciando la subida a casa. La humedad del ambiente conservaba el olor del café aguado y las rencillas, ecos de la discusión retumbaban en el silencio de los niños en el colegio. La cara de mi abuela se transformó al verla y conociendo el carácter orgulloso de su primogénita, no desaprovechó la danza que le ofrecía la vida. Con una blusa recién planchada, aleccionada, el ánimo bien alto y las palabras de su madre resonando en su cabeza, Lola partió a paso rápido.

Le abrió la puerta una jovencísima sirvienta que, confiada,

extendió sus brazos para recoger el paquete. Sin un mínimo titubeo, mi madre abrió el envoltorio enseñándole los relucientes zapatos y le aclaró que traía el encargo de cobrar a la entrega del producto. Asustada, la indecisa joven fue a consultar a la señora, dejándola encerrada en el oscuro descansillo. Al cabo de unos minutos, que a la impaciente muchacha le parecieron una eternidad, reapareció la sirvienta en el umbral.

—La señora le agradece la entrega de los zapatos —dijo en un susurro—. Ya se pasará el señor por la zapatería a ajustar cuentas.

Las dos necesitamos ganar esta batalla, ella no quiere perder el favor de su empleadora y yo voy a defender con uñas y dientes la confianza que mi madre me ha impuesto.

—Estaremos encantados de recibirlo en nuestra modesta casa donde podrá recogerlos —le contestó la voz firme de Lola, extraída de su propia autoestima.

Al oír aquello, el rostro incrédulo de la inocente niña que debía considerar a su patrona como la reencarnación de la virgen María en la tierra, la fulminó con la mirada y entró de nuevo a consultarlo. A la tercera vez, la señora, arrebujándose en un envidiable chal beige de pura lana virgen, acudió a la puerta. Para entonces, el estómago de la envalentonada muchacha manifestaba la falta de alimentos, tenía frío en aquel descansillo y no estaba dispuesta a rendirse.

Doña Casilda pertenecía a la alta sociedad militar caballa. Su marido, Don Gumersindo Valpuente, teniente del ejército de tierra, había sido destinado a Ceuta dos años atrás. El sábado tendría lugar una cena castrense de gala en los jardines de la Hípica donde con toda seguridad Don Gumersindo y su esposa estarían invitados. Un par de zapatos de tacón a estrenar eran, sin lugar a dudas, ex profesos para el evento.

—Buenos días, doña Casilda. Espero que los zapatos sean de su agrado. —Continuó sin esperar contestación—. Mi madre está esperando que yo llegue a casa con el dinero para comprar en Casa Pepe los avíos para hacer unas lentejas y yo no puedo aparecer con las manos vacías. Mi padre pasa las noches trabajando, los precios de los materiales están por las nubes y mi familia no puede seguir así. Yo le agradecería que me pagara usted ahora y cuando fuera posible, mañana quizás, nos visitara para pagar los anteriores encargos. Si a usted le viene mejor, yo puedo dar un paseo y volver dentro de un rato.

La boca de doña Casilda abriéndose despacio en forma de O ante aquella muestra inesperada de franqueza y rebeldía, redujo su capacidad de reacción a confirmar la solución ofrecida por la indómita muchacha.

Media hora más tarde de vagabundear por entre pabellones militares que pedían a gritos una mano de cal, los pies escupiendo frio, el paquete húmedo, las tripas gruñendo y el rostro inmune a la cauta satisfacción por la minúscula victoria, Lola llamaba al timbre. La sirvienta con cara de pocos amigos, roja por la carrera y el uniforme menos planchado que de costumbre, le abrió al primer aldabonazo. Haciendo gala de un orgullo prestado, le adelantó un sobre arrugado mientras extendía el brazo libre para recoger el envoltorio.

Cuentan que aquel día, Lola fue recibida por sus padres y hermanos con jolgorio, las lentejas supieron a gloria, que mi abuelo siguió haciendo zapatos y mi abuela malabarismos y que todas las doñas Casilda de la villa continuaron pagando a plazos.

NOELIA GARZÓN SERRANO

Nací en Ceuta de padres ceutíes hace cincuenta y tres años. Los estudios universitarios me llevaron a la península y, aunque me enamoré de otro caballa, ya nunca volví del todo. En cambio, la larga lista de familiares afincados en la ciudad, me ha acostumbrado a visitarla en incontables ocasiones.

En la actualidad resido en Málaga y participo activamente en el Taller de Mundos Posibles, del periodista malagueño Pablo Bujalance, donde aprendo con pasión el oficio de escribir relatos. Algunos de ellos, junto con otros autores del taller, han sido publicados por la editorial Bulevar de los Libros.

He disfrutado escribiendo este pequeño homenaje a nuestros mayores, profesionales de otra época, en un contexto tan peculiar y único como el de nuestra querida ciudad.

Emilio Barranco Cazalla

UN PASEO CON PRUDEN

Esta relación la suscribe un *postizo*. Según el diccionario de la RAE, dicha voz hace alusión a algo que «no es natural ni propio, sino agregado, imitado, fingido o sobrepuesto». Al hilo de tal definición, quisiera no sobreponerme a alguien; quisiera no ser fingido; quisiera no imitar como un simio y, sí, quiero aceptar la agregación de un impropio, que esta familia ha tenido a bien admitir, otorgándome la confianza de una carta de naturaleza.

Sin embargo, me apetece, en esta ocasión, sentarme en el puesto del observador —que se atribuyen los filósofos— para que nada perturbe la inspiración que nos entregue una crónica libre de condicionamientos, cosa harto difícil para alguien que se siente querido y respetado.

Ya han pasado casi cuarenta y cinco años desde que observé un hecho curioso que el paso del tiempo ha mantenido inalterado, y al que me he referido en más de una ocasión: no hay forma de que mi extensa familia de adopción tome una decisión colegiada, si no es discutiendo a voces, durante cuarenta y cinco minutos, sobre algo que tan solo requiere la misma cifra, expresada en segundos. Lo digo con todo el cariño del mundo.

Para la ocasión que nos ocupa, no fue necesario perderse en disquisiciones sobre «galgos o podencos». El criterio fue unánime: el deseo de Pruden de organizar, en su Granada adoptiva, una *primada* —dicho sea en su acepción no académica de *reunión familiar*—, con inclusión de paseo nostálgico y tapeo abundante, pasó a su hermano

135

como la antorcha olímpica de un atleta a otro, o el testigo en una carrera de relevos.

Tan solo fueron necesarios un centenar de llamadas telefónicas, así como unos quinientos mensajes de *WhatsApp*, escritos y hablados, cosa que proporcionó un considerable ahorro en sellos de correos, papel y tinta.

*

Pruden es como un río que nace en Jaén y muere en Granada. ¿Qué puedo decir de su fuente y estuario? ¿Amor y dolor? Yo prefiero centrarme en su caudal abundante. No conviví con él el tiempo suficiente para valorar todas sus cualidades, computando virtudes y defectos. A mi entender, era un hombre pacífico y tranquilo. No creo errar al afirmar que su mejor cualidad era la de ser persona dialogante y conciliadora, por encima de todo.

Siguiendo uno de los apuntes de su hermano, comprendo cuán frustrante debe ser pedir una tostada bien hecha, junto a un vaso de leche fría, y recibir la rebanada sin tostar, con el lácteo hirviendo. Esa exactitud matemática, vapuleada por un hostelero de espíritu abúlico, pudiera devenir en un rapto airado que Pruden sabía controlar, entre dientes, sin alzar la voz y con educación emblemática. Esto suele ocurrir en muchos órdenes de la vida y es lo que nos hace variar el carácter y la actitud en ocasiones.

Me apetece, asimismo, recordar cómo asentía y disentía sobre los planteamientos ajenos. Supongo que, en su fuero interno, también esperaría la misma actitud de sus interlocutores. Es posible, incluso, que este país —España— haya perdido un buen parlamentario. En este sentido, me congratulo de que no optase por tal actividad. Creo que se ha ahorrado unos cuantos disgustos.

Por todo lo dicho, y en honor a su recuerdo, me apeteció efusivamente caminar, junto a su espíritu —de su brazo, como antiguamente los amigos heterosexuales—, por las callejas y paseos de la joya de la corte nazarí. De modo que, emulando al urgabonense don Juan Eslava Galán —con el debido respeto—, trataré de asentar el recuerdo de aquella jornada, que nos unió en un sentimiento común. Quisiera pensar que ese día el agnosticismo dejó paso, durante un buen rato, a un atisbo de esperanza.

*

Granada, cuatro de junio de 2022. Sábado con luz de domingos. Punto de encuentro: Jardines del Triunfo, bajo la espadaña de tres campanas del santuario de fray Leopoldo. Sol abrasador y sombra fresca al cobijo de los árboles del parque. Reencuentro y mar de lágrimas. Los primeros interrogantes apuntan a los ausentes que, temerosos del vandálico virus, azote de medio mundo, se curan en salud.

Una vez serenados los espíritus y formalizados los parabienes, empezamos la andadura en dirección a la puerta de Elvira, de la misma guisa que una tropa de guiris, buscando la acogedora sombra de los plátanos de la avenida capitán Moreno, a la vera de la universidad. Junto al convento de la Merced se inicia una empinada cuesta: la de Alhacaba, donde nos asalta una sensación de espanto incontenible: una pendiente de armas tomar hace perder el resuello a los treinta metros de su comienzo. Sin embargo, una especie de impulso desconocido, como si un Pruden, deseoso de pasear juntos, jalase del alma, hizo que los pasos sobre los cantos rodados de aquella cuesta fuesen más ligeros y llevaderos.

Al llegar a la plaza Larga, la manía persecutoria vial hace mirar a izquierda y derecha para evitar un atropello. Y sí. Hubo atropello, pero de sensaciones. Al placer de contemplar en la calle Agua del Albaycín una exuberante cascada de geranios de color rosa, se unió un vuelco en el corazón al ver el rótulo de una tienda de recuerdos: «Artesanía Pruden». Su hermano comentó que nuestro primo era el primero en arrogarse el chascarrillo: «Esa es mi tienda», no siéndolo, naturalmente.

Mientras recuperamos el ritmo cardíaco, alguno pensaba en el plano de Granada. ¡Exacto: plano! ¡Ja, qué ilusos! El Albaycín es tan plano como los pelos de las ranas.

Al reportaje gráfico reglamentario siguió un vistazo al arco de las Pesas, donde un voluntarioso cantante se acompañaba de una guitarra, tratando de emular a don Leonard Cohen con la entonación de su *«Hallelujah»*, aprovechando la resonancia de la bóveda.

Con el ávido deseo de vaciar un vaso de cerveza, reanudamos la marcha por la calle de los Panaderos, no sin antes esperar al tito, que aprovechó la ocasión para comprar la lotería de los sábados que, habitualmente, juega. El recorrido se hizo más llevadero: en ese momento sí era plano.

Unas amables señoras socialistas nos ofrecían unas papeletas de la candidatura de su partido para las próximas elecciones a la Junta de Andalucía, y evité la ocasión para que no quemasen inútilmente un cartucho —que diría un cazador. No me gustan los despilfarros, sean del signo que sean.

Al pasar delante del restaurante «El Ladrillo II», me sorprendo del rótulo principal de la fachada donde dice, textualmente, «Comedor», todo un pasmo saber que aún quedan personas que emplean un término castellano tan castizo, junto al más utilizado, de origen franco.

Un pequeño giro a la izquierda —de todo tiene que

haber— nos lleva a la plaza Aliatar, donde nos dicen que Pruden se despachaba a gusto con un vaso de caracoles, o los que fuesen necesarios.

Ante la parroquia de El Salvador, ya en la plaza de la Santísima Trinidad, se vislumbra la cuesta del Chapiz. «¡Bendición! ¡Ahora iremos bajando!». Vana ilusión, pues faltaba la guinda. Otra pendiente de subida nos lleva a la vereda de Enmedio (*verea*, en lengua local). En palabras de Pruden, «el entorno más bonito visto en su vida».

De la cueva del Chorrohumo a la del Duende —y tiro porque me toca—, entre emparrados y buganvillas, se llega al mirador.

¡Impacto brutal!

Al sur de nuestro Sur se alza, majestuosa, la Alhambra. Señoreándose de todo el paisaje, el alcázar, que fuere fortaleza y palacio, es ahora el vestigio de una cultura que, cuando no guerreaba o esclavizaba a los vecinos, sabía combinar la exquisitez artesanal con la exuberancia botánica, todo ello regado con el bien más preciado: el agua, que presta a sus estanques el murmullo de fuentes en constante emanación. Casi podía oírse, susurrada por la escasa brisa, la invitación de Pruden a extasiarse ante el panorama.

La bajada se hizo un tanto más alegre. El sol seguía quemando y el aire también seguía fresco. Una empinadísima bajada nos sacó de la *verea* para meternos en el camino del Sacromonte, donde el asfalto se agradecía por dar mejor equilibrio a los tobillos. En Casa Juanillo, decididamente, nos tiramos al fango. Una cerveza, que sabía a gloria, dio consuelo a nuestras gargantas, estómagos y espíritus; no en vano hicimos el primer brindis en memoria de Pruden. En tal ocasión llegó otro primo, que se unió al grupo y, desde ese momento, nos ilustró con algunas curiosidades del entorno.

Al llegar al cruce con la cuesta del Chapiz, cerrando el circuito, mientras esperábamos a la diseminada tropa, nos invitó a visitar la Casa del mismo nombre. Otro espectáculo digno de mención: un pequeño patio con artesonado y galerías de madera componen el edificio que da cobijo a la Escuela de Estudios Árabes.

Tras el patio, se accede a otro más espacioso y, a continuación, un magnífico y extenso jardín invita a quedarse allí el resto de la vida.

El puente del Aljibillo está al final de la cuesta, punto de encuentro emocional y objetivo de la reunión.

A la sombra de un sauce, sentados unos, en pie otros, reunidos en el mismo sitio donde fueron esparcidas parte de sus cenizas —margen izquierda del Darro—, escuchamos los panegíricos preparados para tal ocasión…

*

Caminamos lentamente, de regreso, por el paseo de los Tristes, tratando de que tal actitud no fuese contagiosa. En el comedor de Casa Rabo de Nube, al aire libre, ya nos esperaban más familiares, con pequeñines, sentados a una larga mesa. Fuimos servidos con abundantes y sabrosas viandas regadas con exquisitos caldos y cervezas del país.

De nuevo volvimos a renovar el brindis en memoria del hermano y primo. Imposible levantar acta de todo lo que se habló en la reunión gastronómica. Lo siento. Me pilló en un extremo de la mesa. Habría sido digno recopilar las abundantes ocurrencias que afloran cuando la chispa del vino manifiesta su presencia.

El paseo granadino, del brazo de Pruden, concluyó dirigiéndonos a Reyes Católicos y Gran Vía, donde tuvimos la ocasión de obturar la acera para discutir ampliamente —dentro de la habitual línea familiar— en qué lugar tomaríamos la «espuela». Quedamos en el Bulevar de Jaén.

Ante unas copas espirituosas, la brisa fresca del atardecer nos invitó a vestir chupa o *saquito*…

*

Pruden, estés donde estés… ¡Qué bien te ha salido! ¡Cómo has sabido aunar, desde el más allá, voluntades dispares y dispersas!

Te hemos echado de menos… Te seguimos echando de menos.

Nos entristece, ahora que tenemos más tiempo, no poder contar con tu grata presencia e ilustrada conversación. Permítenos regodearnos en nuestra pena, porque ese lamento, junto a los mejores recuerdos, mantendrán siempre viva, en nuestros corazones, la llama de tu memoria.

Emilio Barranco Cazalla

La pérdida de un ser querido casi siempre desata dos sentimientos antagónicos: tristeza, por cuanto no veremos más a tal persona, y regocijo, en tanto creyentes en una entidad superior que acoge, fuera de este mundo, a esa inteligencia que se pierde ante nuestros ojos. Algunos llamamos a eso alma. Si dicha persona es consanguínea, es normal que la sensación sea dolorosamente fuerte, excepción hecha de que haya causado algún daño irreparable. Pero cuando los lazos que nos han unido han sido los de una relación con alguien que entró en la familia, totalmente ajeno a ella, la cosa cambia: ser acogido, querido y respetado por gente que no es de tu sangre, tiene, en mi opinión, niveles cósmicos de grandeza y humanitarismo. Si ellos se dirigen a uno como primo, sin ostentar tal parentesco, debe entenderse que se abren puertas a las que no hemos llamado. Por eso, cuando llega el momento del adiós, desde alzar nuestras copas hasta dejar constancia escrita de nuestras emociones —mejor—, poco es lo que hacemos para conservar perdurable su memoria.

José Antonio García Villalta

YOUSSUF

Cuando le conocí, ya se partía la cintura cavando en la finca de don Matías. Había llegado escondido en un camión cargado de cajas de naranjas, procedente de Marruecos, que después se venderían en Francia como valencianas. Yo le había visto por casualidad muy poco antes, pero con el tiempo llegué a considerar esa casualidad una forma de predisposición, un modo de salvarme por medio de la mente de otros, y aunque hoy el sentido de la amistad es menos fuerte y perdurable que antes, confraternizamos enseguida.

En Francia a Youssuf le esperaba un compatriota que le había prometido que conseguiría trabajo en la Peugeot. Tuvo mala suerte, el camión en el que atravesó la frontera se averió y no pasó de Murcia. Fue la última y única parada que hizo.

Youssuf se percató que le sangraban las rodillas desolladas al tirarse del camión. La sangre bajaba sucia hasta la cochambre de las zapatillas sin cordones. Era de noche, la luna estaba inflada y iluminaba el camino mejor que una linterna. Llevaba un buen trecho andado, en un campo de terreno reseco, sin más sombra que la suya, apenas visibles unos matorrales al paso, cuando vio la caseta abandonada del guardagujas. Comió unas hojas de coles y acelgas y bebió agua dentro de la caseta. Comenzaba a calentar el sol y las chicharras se ponían pesadas.

Don Matías, al que se le conocía por el apodo de «el grajo», lo halló una tarde merodeando por los linderos de la finca. Youssuf se convirtió entonces en un criado con trabajo de sol a sol, lo que se llama un jornalero a tiempo completo. A cambio, la promesa de papeles que nunca llegaron, comida y

143

cama de paja. Encontró la máquina perfecta en aquel cuerpo esquelético y con aspecto de llevar la carne de prestado que tienen todos aquellos que sobreviven al hambre: mínimo consumo con el máximo rendimiento. Sin familia, sin obligaciones, sin vicios, solo dispuesto para el trabajo. Nunca supe qué le llevó a dedicar su vida a «el grajo» y a sus tierras, a pesar del trato encanallado que le dio.

Con el tiempo se le fue oscureciendo la piel, reseca del sol y de los vientos como un zurrón de pastor. Canijo y con gorra de propaganda de un fertilizante, sobresalían a ambos lados unas grandes orejas como señales de giro que indicasen dos direcciones a la vez. Los labios, gordos y bezudos, brotaban protuberantes bajo el tupido bigote negro y se hundían en sus comisuras en pliguecillos llenos de reproche y restos de patatas fritas.

Dibujaba la tierra con el arado de mulo haciendo surcos en los que el tiempo haría brotar patatas, remolacha o cebollas. A mitad de la mañana, cuando el hambre apretaba y crujían los riñones, se sentaba a la sombra de un chaparro, adoptando una postura como flotando en una silla invisible, para devorar un extraordinario bocadillo, de abundante chorizo y una litrona, porque a Youssuf lo de la religión le traía sin cuidado. A mí, aquel tentempié me parecía un auténtico manjar. Así que me sentaba a su lado y él lo compartía conmigo. Antes de volver al arado apuraba un Ducados y se lubricaba las manos con un salivazo.

Supe que el moro dormía casi siempre en la cuadra junto al mulo; supe que bebía para olvidar, quizás demasiado, y que lo hacía de manera impulsiva; supe que siempre tenía a mano una botella de vino peleón que agotaba por la mañana y otra por la tarde.

Aunque poseía un alto concepto de la amistad, el único amigo que le conocí se llamaba Isaías Luces, había hecho la mili en Regulares donde alcanzó el rango de Cabo. Era carbonero, pero de este nunca supe cómo tenía la cara, y lo que pensaba, menos aún. Hablábamos en la carbonearía y parecía algo canoso. Fuera de allí, seguro que lo vería mil veces sin saber quien era. Los ojos pequeños, negros también, estaban siempre como buscando algo que no recordaban ya, como inseguros, o torpes, o escamados. Llevaba en verano camiseta de invierno, que no creo que se cambiara mucho. Cuando hablaba era incisivo y rápido como una burla.

Algunas tardes le visitábamos y ese era el momento en el que Luces, que apenas fumaba, sacaba un pitillo hecho y, rápido, como si esperara que le pidieran otro, lo encendía y se ponía a echar humo. Nos sentábamos en el poyo que había en la puerta, un poco separada la espalda de la pared, cruzaba las piernas y ya fumaba despacio, mirando, como si pensara en otra cosa, al fondo del local. La conversación empezaba siempre con la misma frase: «me acuerdo de unas maniobras que hicimos en...» A partir de ese instante escuchábamos sin intervenir. Lo que me impresionaba más era la precisión con la que citaba el nombre y el lugar de nacimiento de todas las personas a las que se refería:«el capitán fulano de Sevilla, el teniente zutano de Burgos, el coronel...» y así hasta agotar el repertorio.

Con el tiempo, Youssuf fue cambiando por el amarillo su color moreno, hasta que el cáncer lo agarró por el hígado y lo consumió en nada de tiempo. «El grajo», su amo, solo pensó que se quedaba sin mano de obra y ni por esas intentó ayudarlo. ¡Qué osadía! Morirse sin terminar la faena. Maldito moro de mierda. –repetía una y otra vez–. Estoy seguro de que, si por él fuese, lo habría tirado al río en vez de enterrarlo. Por fortuna cuando se enteraron don Domingo, el cura, y el carbonero, aportaron de su bolsillo el dinero para que fuera enterrado de manera sencilla, pero decente, insistiendo que le pusieran la cabeza mirando a La Meca.

Finalmente, todo se solucionó y dieron sepultura al que tanto tiempo desenterró patatas y cebollas. En un nicho en la parte más alta y barata que encontró «el grajo» y que de haber esperado algo más habría bastado con un osario.

Quien mandaba y quien era el mandado quedó muy claro para don Matías, incluso en el tránsito a la otra vida, por si alguien tenía dudas de que no todos somos iguales, ni en la muerte incluso. Es la de Youssuf la lápida más triste del camposanto: miserable, sin mármol, sin letras grabadas, como un cartel pintado a mano y de urgencia anunciando que se vende una furgoneta. El que lo hizo debió utilizar una brocha desmochada y escribió con mano temblorosa: «Youssuf Alaoui. Recuerdo de tu jefe». No se puede ser más canalla.

JOSÉ ANTONIO GARCÍA VILLALTA

Un padre militar, de vocación obligada, y una guapa madre me hicieron nacer en Ceuta, cuando era provincia de Cádiz (hoy todo ha cambiado). Soy Licenciado en Ciencias de la Educación, aunque mi vida profesional la dediqué a la empresa privada.

Escribo desde hace mucho tiempo. Mi formación literaria siempre fue autodidacta; la escritura me ha servido para conocer a otras personas que tenían las mismas inquietudes que yo, gente muy brillante con las que me reúno a menudo en las tertulias literarias que organizamos. De todos ellos me considero amigo. Publico artículos, reflexiones, relatos y cuentos en revistas, y en la radio donde participo en un programa semanal dedicado a los Mayores.

Me han editado cinco libros y he obtenido algunos premios en Certámenes Literarios, ninguno del nivel del Planeta, aunque no desespero. Los años que viví en Almería, me llevaron a conocer profundamente la primera llegada de la inmigración, motivo que me ha inspirado a escribir, con cierta frecuencia, sobre este fenómeno tan actual.

Nota biográfica: Juan María Molina Jiménez

Juan María Molina nació en Ceuta y vivió aquí sus primeros años. Su abuelo, Bernabé Jiménez, fue el primer librero de la Ciudad, según contaba EL FARO. Un librero ambulante, que a diario bajaba con su carreta rebosando de libros desde su casa de El Morro hasta el Paseo del Revellín, donde vendía o cambiaba su mercancía.

Quizá el contacto continuo con los libros influyó en Juan María, que, aunque desde la adolescencia tuvo que compaginar sus estudios con un trabajo bastante duro, se licenció brillantemente en Química, y, a la vez, se volcó desde muy joven en la filosofía y la literatura.

Como creador de ficción, ha publicado las novelas *Martina*, *La visita, Patricia, Sin carné*, etc., además del libro *Cuentos por contar, y algunos más,* y otros muchos relatos dispersos por prestigiosas revistas literarias de España y Estados Unidos, en español y en inglés.

Su obra narrativa se caracteriza por la intriga y el misterio, la perspicacia psicológica y el sentido del humor, por su imaginación para darles la vuelta a los hechos y objetos más vulgares y mostrarnos su lado oculto, que a veces es siniestro y otras nos hace estallar en una carcajada, pero nunca defrauda nuestra curiosidad, que se aviva por momentos. Su literatura, incluso en las escenas más espeluznantes, nos contagia la apasionada alegría con que se escribió, que es el resultado de la mirada crítica, intuitiva, asombrada y siempre sonriente con la que el autor examina el mundo que nos rodea y nuestro universo interior.

Profundo conocedor del pensamiento griego y principalmente de la obra de Platón, entre otros textos, ha traducido y comentado los diálogos platónicos *Ion* y el *Banquete*. El *Ion* es un duelo intelectual y verbal entre Ion y Sócrates, breve y muy concentrado, que, como en el teatro, mantiene el suspense hasta la última intervención de Sócrates. Resulta un modelo de las dos fases del método socrático: la *ironía* y la *mayéutica*.

En el *Banquete* los amigos invitados al mismo, todos ellos reales, como Sócrates o Aristófanes, van dando sus opiniones sobre un tema esencial para el ser humano: la naturaleza de Eros, el amor. Con «su» *Banquete*, Juan María Molina infunde una nueva y alegre frescura sobre versiones anteriores. Su objetivo es acercar este diálogo a un público que a veces lo siente muy lejano o reservado a eruditos, pese a tratar de un tema tan universal, y pese a la sencillez y belleza del texto de Platón, que el traductor se propone y logra conservar. El *Banquete* es una de las mejores obras que se han escrito nunca y esta traducción consigue que todo el mundo la pueda disfrutar como se merece.

Y es que Juan María Molina ha volcado ambos diálogos al español actual de forma esmerada y rigurosa, pero, sobre todo, viva y cercana. Los dos textos, en edición bilingüe griego clásico-español, van acompañados de interesantes comentarios del traductor, y complementados por multitud de notas con datos históricos, mitológicos y literarios.

Juan María Molina es también autor de multitud de breves ensayos sobre diversos temas, algunos de ellos recogidos en *Un asunto tenebroso*. En todos ellos analiza la realidad con una vehemente sinceridad que alterna con su irónico escepticismo. Y es que, por grave que sea el asunto, cada pocas líneas nos arranca una sonrisa.

ÍNDICE

Obras de JUAN MARÍA MOLINA que podéis encontrar
en las Bibliotecas Públicas del Estado de CEUTA

FILOSOFÍA Y ENSAYO

(Traducciones bilingües, con comentarios)

(Ensayos breves)

NARRATIVA

(Novela)

(Libro de Relatos)

(Novela)

(Dos novelas breves)